Eine kleine Bildbetrachtung!

Nehmen wir uns für einen Augenblick die Zeit, und schauen wir uns für einen Moment diese Pflanze, auf diesem Bild, an. Im Volksmund wird dieses Gewächs auch als Pusteblume bezeichnet.

Sehen wir und diese Blume einmal ganz in Ruhe an, und überlegen wir einmal was wir da sehen:

Wir sehen ein zartes Gebilde, das uns so erscheint, als wenn es bei der geringsten Berührung, unwiderruflich, zerstört würde. In Wirklichkeit aber, sind wir kaum in der Lage, diese Pflanze zu zerstören, denn wo heute eine einzige Pusteblume steht, da können im nächsten Jahr unzählige von diesen Blumen stehen.

Ähnlich wie diese Pusteblume, ist auch unsere Welt aufgebaut, zart und zerbrechlich. Seit es Menschen auf der Erde gibt, da wird versucht, diese Welt zu beschädigen.

Wir Menschen können dieser Welt, die zart ist wie eine Pusteblume, schon einen gewissen Schaden zufügen, aber völlig können wir diese Welt nicht zerstören, sie wird einfach weiterbestehen, wenn auch in einem Zustand, der uns nicht unbedingt gefallen muss. Wir Menschen leben auf dieser Erde, aber einige Menschen haben im Laufe der Geschichte, immer wieder so getan, als wenn sie die eigentlichen Besitzer dieser Welt wären.

Im Psalm 49 steht in den Versen 10 bis 12 geschrieben:

Denn man sieht: Weise sterben, genauso gehen Tor und Narr zugrunde, sie müssen anderen ihren Reichtum lassen. Das Grab ist ihr Haus auf ewig, ist ihre Wohnung für immer, ob sie auch Länder nach ihrem Namen benannten.

Der einzelne Mensch ist nur vorrübergehend auf dieser Welt, der wirkliche Eigentümer dieser Welt bleibt aber in alle Ewigkeit.

Ein mediativer Gedanke von Franz Maria Heilmann.

© 2022, Franz Maria Heilmann
Herstellung und Verlag: BoD – Books on Demand,
Norderstedt
ISBN: 9783754323199

Inhaltsverzeichnis:

Was hat die Zeit mit einer Masse zu tun?

5

Abraham verhandelt, wie auf dem Wochenmarkt, mit Gott!

6

Wenn schon ein einfacher Programmierer mehr kann, als ein normaler Anwender...

7

Ein Spiegel, der gleichzeitig vier verschiedene Spiegelbilder anzeigt?

8

Und was hat er dort gemacht?

9

*Bei Dingen, die man nicht selbst
überprüfen kann, ist man auf andere
Quellen angewiesen!*

10

*Die Gnade unseres Herrn Jesus Christus ist
unermesslich!*

11

*Eine gewaltige Wolkensäule, die leuchtet
wie ein Lampion, wie eine riesige
Papierlaterne!*

12

*Die Welt, das All, alles besteht aus bunten
Bausteinen, aus denen man ständig neue
Sachen bauen kann!*

13

Einen Vorgeschmack auf das ewige Leben!

Eine kleine Sammlung von Gebeten

(und eine kleine Einleitung, wie es zu dieser Sammlung kam).

Matthäus 6.27

Seht euch die Vögel des Himmels an: Sie säen nicht, sie ernten nicht und sammeln keine Vorräte in Scheunen, euer himmlischer Vater ernährt sie. Seid ihr nicht viel mehr wert als sie?

Vorwort:

Franz Maria Heilmann (folgend nur FMH genannt) ist ein Mensch, der sich selbst als aktiver Christ bezeichnen tut.

In der katholischen Kirche ist er zu Hause, dort hat er auch die eine und die andere Aufgabe übernommen, die er ehrenamtlich ausführt. Nun ist es so, dass sehr viele Menschen, im Laufe der Jahre, an ihn herangetreten sind, und haben mit ihm besprechen wollen, welche Probleme sie mit dem christlichen Glauben haben. So manche Fragen und einige Vorurteile, die hörte FMH immer wieder. Wenn die Leute ein echtes Gespräch suchen (was nicht immer der Fall ist), dann ist er auch gerne bereit, sich mit diesen Leuten zu unterhalten. Viele Frauen und Männer sind heute sehr verunsichert, wenn es um die Frage geht: Was hat es mit dem Dreifaltigen Gott wirklich auf sich. Auch die Frage nach der Kirche, tut heutzutage viele Menschen interessieren, aber bei vielen ist nicht so ganz klar: Was ist eigentlich der Wille Gottes, und was sind eigentlich von Menschen gemachte Gebote und Vorschriften?

FMH erzählt immer wieder gerne eine Geschichte, die er selbst, in der Sakristei einer Kirche, mitbekommen hatte: In einer fand ein Gottesdienst statt, an dem auch der Bischof teilnahm. Kurz bevor der Gottesdienst anfangen sollte, fragte ein Messdiener, der für den Weihrauch verantwortlich war, warum er das Weihrauchfass, bei dem Bischof, weniger oft schwenken sollte, als wie es bei den religiösen Zeichen, wie zum Beispiel das Kreuz, er das normaler Weise zu tun pflegt. Da hatte der Bischof, dem Messdiener geantwortet: Weil der Bischof nicht der Liebe Gott ist.

FMH war von dieser Antwort, des Bischofs, stark beeindruckt, er meint leider haben, im Laufe der Jahrhunderte, immer wieder die Vertreter der Kirche das vergessen, was dieser Bischof für selbstverständlich hielt. Leider haben, immer wieder, sehr viele Menschen, die in der Kirche eine wichtige Aufgabe begleitet haben vergessen, oder wollten es niemals wirklich wissen, dass sie selbst nicht der Liebe Gott sind.

Aus diesem Grund hat FMH dieses Buch geschrieben. Hier geht es um zwei Freunde, die an Hand, von dem Glaubensbekenntnis der Kirche, den christlichen Glauben hinterfragen tun. Eher gesagt, der eine Freund hinterfragt und der andere Freund versucht Antworten auf diese Fragen zu finden.

Es ist ein spannendes Buch, das zu Nachdenken anregt, den Einsteiger ins Christentum genauso wie den alten Hasen.

Darf die Politik sich aktiv, für oder auch gegen, eine religiöse Gemeinschaft einsetzen?

Johannes Schüler hatte sich gerade, vor seinem Fernseher, gemütlich gemacht. Es sollte eine Reportage über die Tierwelt in Europa gesendet werden. Johannes interessierte sich für alles was mit der Natur und der Schöpfung oder irgendwie mit den Ereignissen dieser Welt zu tun hatte. Dadurch, dass Johannes sich viele Sendungen anschaute und gleichzeitig, viel über diese Dinge, in Büchern gelesen hatte, war sein Wissen, in dieser Richtung nicht schlecht. Er würde sich wünschen, dass die Politiker -männlich sowie auch weiblich- sich mehr mit solchen Dingen beschäftigen würden und sich so ein echtes fundiertes Wissen zulegen würden. In seinen Ohren klang es einfach oft so, als wenn Menschen, die hier in diesem Land, politische Verantwortung tragen, einfach nur auf Schlagworte setzen würden, als auf echtes

Wissen zurückzugreifen. Natürlich unterstellten diese Leute gerne, dass die Menschen im Lande, die das aktive Wahlrecht besaßen, selbst auch kein richtiges Wissen besitzen würden, und sich so einfach den Schlagwörtern anschließen würden, ohne zu hiterfragen ob das wirklich Sinn machen würde, diese Schlagwörter in die Tat – sprich in Gesetze und Verordnungen – hineinzupressen. Als er kürzlich gelesen hatte, dass man die Welt, vor Umweltschäden retten könnte, indem man die Benzin- und Dieselölpreise in die Höhe trieb, da musste Johannes doch in sich hineinlachen. Gerade vor kurzer Zeit, hatte er in einem Sachbuch gelesen, welche nicht mehr zu reparierenden Schäden, an der Tier und der Pflanzenwelt, der frühe Mensch, vor einigen zehntausenden Jahren angerichtet hatte. Dieser frühe Mensch hatte ganze Populationen von Tieren und Tierarten ausgerottet. Johannes meinte, mit einer ordentlichen Portion Sarkasmus: Wenn damals nur einer auf die Idee gekommen wäre und hätte die Mineralölsteuer erhöht, dann wäre dies niemals so weit gekommen. Man hätte zumindest den Wurfsperr, der frühen Menschen, mit einem batteriegestützten Elektroantrieb ausstatten müssen, dann wäre es niemals zu wirklichen Umweltschäden gekommen. Johannes war gerade in seinen Gedanken versunken, da riss ihn das Läuten, seines Festnetz-Telefons, in die Wirklichkeit zurück.

Ein Freund von ihm -Jakob Großmann- rief ihn an. Nachdem Johannes das Gespräch angenommen hatte, fragte ihn Jakob, ob er ihn gerade bei etwas stören würde. „Nein, du störst mich natürlich nicht. Ich war eben etwas in meinen Gedanken versunken, ich wollte gerade den tieferen Sinn ergründen, von der Erhöhung der Kraftstoffpreien, bei gleichzeitiger Rettung der Welt."

„Das ist ja mal ein wirklich interessantes Thema, an den Benzinpreisen kommt ja wohl keiner wirklich vorbei. Entweder ist eine Person direkt betroffen oder sie ist indirekt betroffen. Ich denke mir, in sehr vielen Fällen, sind die Leute einfach doppelt betroffen."

„Mein lieber Jakob, so habe ich dies ja noch gar nicht betrachtet, da kommt ja mehr auf uns zu, als ich zunächst befürchtet hatte? Kannst du mir mehr davon erzählen?"

„Ja Johannes, das kann ich gerne tun, aber vielleicht lässt du mich zuerst an deinen Gedanken teilhaben. Wie du gerade sagtest, hattest du dich gerade mit diesem Thema auseinandergesetzt. Deine Gedanken müssten doch noch ganz frisch an der Oberfläche kreisen, und bevor diese wieder ins Nirgendwo verschwinden, kannst du sie mir doch kundtun!"

„Da hast du natürlich recht. Ich habe mich natürlich darüber geärgert, dass unsere Politiker -männliche wie weibliche- beschlossen haben uns noch mehr Geld aus der Tasche zu ziehen und das unter dem Deckmäntelchen, etwas Gutes für uns tun zu wollen. Sie wollen uns doch wirklich in dem Glauben lassen, dass wir auch noch dankbar dafür sein sollten. Ich sage es dir frei heraus, mein lieber Jakob, so eine Erhöhung trifft doch wieder die, die sowieso den Euro dreimal umdrehen müssen, bevor sie es wagen ihn auszugeben."

Jakob bestätigte diese Aussage mit einem zustimmenden Gemurmel, ohne den Freund, in seinem Redefluss, zu unterbrechen.

Johannes fuhr fort: „Werfen wir doch einmal einen Blick auf die Menschen, die im Deutschen Bundestag sitzen, und als Abgeordneter oder als Abgeordnete über so eine Sache abstimmen sollen. Alle diese Leute haben einen Dienstwagen zur Verfügung, es interessiert sie nicht im Mindesten, ob ein Liter Benzin beziehungsweise Diesel fünf Cent kostet oder ob dieser Saft fünf Euro kostet. Diese Leute werden ihren Dienstwagen wohl kaum mit ihren eigenen Ersparnissen betanken."

Auch hier konnte Jakob nur zustimmen. Johannes fuhr mit seinen Gedanken fort.

„Dann gibt es auf der einen Seite Zeitgenossen, die verfügen über so viel Geld, dass sie sich von einem normalen Arbeiter oder Angestellten abschotten wollen. Sie sorgen dafür, dass sie Mitglied in einem Verein sind, dessen Aufnahmegebühr, sich kein normaler Mensch leisten kann. Auch sorgen diese reichen Männer wie auch Frauen dafür, dass in den Gegenden, in denen sie selbst wohnen, die Mietpreise sowie auch die Kaufpreise von Wohnungen und Häuser, so hochsteigen, dass eine normale Familie sich diese Preise nicht leisten kann. Und dann gibt es noch viele

Menschen, die jeden Kilometer, den sie mit dem Auto zurücklegen, quasi von der Steuer absetzen können, weil diese Fahrzeuge als Dienstwagen gelten, und genau aus diesem Grund, keinen Cent aus der eigenen Tasche bezahlen müssen. Mein lieber Jakob, du siehst wo mich meine Gedanken hingeführt haben. Die volle Härte einer solchen Preispolitik, trifft doch wieder mit ihrer ganzen Schärfe, die ganz normalen Arbeiter-, Angestellten-, und Beamtenfamilien. Alles Geld, das sie für Benzin oder Diesel ausgeben müssen, das fehlt an einer anderen Stelle."

Jakob konnte da seinem Freund nicht widersprechen und er legte noch eine Schippe obendrauf. „Ja mein lieber Johannes, da hast du natürlich recht, aber das ist leider nicht alles, da kommt ja noch viel mehr dazu."

Das interessierte natürlich den Johannes, er wollte dies etwas genauer wissen. „Mein lieber, lass mich doch teilhaben an deinen Gedanken und an deinen Erkenntnissen."

Da ließ sich Jakob nicht lange bitten: „Mit den Bereichen, die du angesprochen hattest, hattest du natürlich vollkommen recht. Es geht natürlich noch ein ganzes Stück weiter. Wie du selbst weißt, leben wir in einer mobilen Welt, dies bedeutet auch, dass so gut wie alle Güter, die der Mensch, mehr oder weniger braucht, für das tägliche Einerlei, von einem Ort zu einem anderen Ort gebracht werden, bis sie endlich dort sind, wo sie der Endverbrauer in Besitz nehmen kann. Nehmen wir nur einmal, als Beispiel, eine Tube mit Zahncreme, die kommt aus einer Fabrik, sie muss von der Fabrik zum Großhandel gelangen und von dort muss sie zum Einzelhandel gebracht werden. Du kannst dir ja sicher gut vorstellen, dass so ein Transport nicht mit Hilfe eines Karrens gemacht wird, der von einem Menschen mit der Hand gezogen wird. Nein jedes Mal, wenn so ein Transport ansteht, dann kommt auch ein Verkehrsmittel zum Einsatz, welches mit großer Wahrscheinlichkeit einen Motor besitzt. Wie wir beide wissen, braucht so ein Motor Energie, damit er seine, ihm zugedachte, Aufgabe erfüllen kann. In den Meisten Fällen stammt die Energie von einem Energieträger, der mit der Mineralölsteuer etwas zu tun hat. Wenn man dies nun berücksichtigt, dann versteht sich das von selbst, dass diese Zahncreme etwas im Preis steigen muss, und so ist das mit allen Produkten, die du so im Laufe der Zeit, dir kaufen tust. Ob das jetzt die Körperpflegeprodukte sind oder ob es deine Lebensmittel sind, oder was du sonst noch so brauchst, alles ist von der Benzinpreiserhöhung -die natürlich auch das Dieselöl nicht ausschließt- betroffen. Und du darfst nicht vergessen, eine Fabrik die Zahncreme herstellt die bekommt ihre Rohstoffe auch angeliefert, und auch diese Anlieferung ist von dieser Preiserhöhung nicht ausgeschlossen."

So hatte das Johannes, bis jetzt, noch nicht gesehen. „Da wird ja eine ganze Preiserhöhungslawine losgetreten. Und bei so einem Erdrutsch von Verteuerungen, bleiben natürlich die Menschen mit den kleinen Einkommen, auf der Strecke und wissen zum Beispiel dann nicht mehr, wie sie ihren Kindern, die Klassenfahrten, bezahlen sollen. Solche Schulfreizeiten gehen oft ins Ausland und sind nicht immer wirklich billig."

„Da hast du natürlich recht, Johannes. Aber da wird den Eltern, von der Schule gesagt: Sie können doch Aufstocken, sie bekommen vom Sozialamt doch Geld dazu, das müssen sie nur beantragen."

„Und so macht man aus rechtschaffenden Menschen, die jeden Tag sich auf ihrer Arbeit abmühen müssen, für Chef und Firma. So macht man aus diesen Menschen, die Tag für Tag, ihre Arbeit nachgehen, Bettler, die dazu noch beweisen müssen, dass sie kein Geld mehr für ihre Kinder haben."

„Ja Jakob, und wenn eine Familie schon seit langer Zeit, auf ein neues Auto oder einen guten Gebrauchtwage, sparen tut, dann muss dieses ersparte Geld, für die Schulfreizeit aufgebraucht werden. Ich denke mir, die Damen und Herren, die in unserem Land für die Politik Verantwortung tragen, diesen Leuten ist das ganz egal, denn der Dienstwagen bleibt ihnen, in jeden Fall, erhalten, und umsonst Essen dürfen sie auch recht oft.

Jakob hielt einen Moment inne, machte zwei oder drei Atemzüge, bis er seine nächsten Gedanken geordnet hatte. „Auf mich persönlich wirkt so eine Idee doch sehr naiv, dass man den Menschen einfach das Geld aus den Taschen zieht, und das Ganze so hinstellen möchte, als wenn man damit alle, zumindest viele, Probleme in der Welt, lösen könnte."

Dazu meinte Johannes: „Ich persönlich bin leider der Meinung, dass die Zeit vorbei ist, wo Politiker sich wirklich in der Welt auskannten und wirklich was bewegen wollten. Wenn man heute den Damen und Herren zuhört, die in ihren Parteien als Spitzenkandidaten gelten, dann kann man sich nur die Frage stellen: Glauben diese Leute das eigentlich selbst, was sie da in den Medien verbreiten, oder halten sie es so, wie es in der Werbung üblich ist, dass in der Übertreibung, die Wahrheit liegt. Herauszufinden, welcher Teil, bei der ganzen Übertreibung, als der wahre Anteil übrigbleibt. Mein lieber Jakob, ich will es einfach mal so erklären: Stellen wir uns einmal beispielsweise vor, du willst oder du musst eine Strecke von einhundert Kilometer, mit deinem Auto fahren. Jetzt machst du aber folgendes: Du startest deinen Wagen, und du fährst genau einen Zentimeter weit nach vorne, und stellst deinen Wagen gleich wieder ab. Jetzt kannst du lauthals verkünden: Wir haben uns in dir richtige Richtung bewegt und haben auch schon den ersten Teilerfolg erreicht."

Jakob fand das Beispiel, welches sein Freund benutzte, sehr interessant. „Genaugenommen ist das ja nicht gelogen. Alle Aussagen, die da getroffen wurden, entsprechen voll der Wahrheit. Nur hat man hier Ergebnisse erzielt, die keinem Menschen von Nutzen sind."

„Genau so ist das, mein lieber Jakob. Wer hier auf diese Aussage hört, ohne dass er das ganze Projekt hinterfragen tut, der tut schnell, am Wahltag, die für ihn und seine Interessen, falsche Partei ankreuzen und wundert sich darüber, dass für ihn persönlich alles schlechter, anstatt dass es für ihn besser wird."

Jakob meinte: So könnte ein normaler Mensch, der sich selbst nicht viel um Politik kümmert, meinen, dass durch eine Erhöhung der Benzin- und Dieselölpreise, die Natur sich erholen wird. Die Welt würde sich wieder in die Welt verwandeln, die sie vor vielen tausend Jahren war. Der Mensch lebt dann im Einklang mit der Natur. Tiere, Pflanzen und Menschen leben dann friedlich nebeneinander, keiner fügt dem Anderen einen Schaden zu. Und so soll die Welt schon einmal über viele Jahrtausende funktioniert haben."

„Aber Johannes, das glaubst du doch jetzt selbst nicht!"

„Es geht ja nicht darum, was ich glaube. Es geht darum, was unsere politischen Parteien uns weiß machen wollen. In diesen Parteien gibt es Menschen, die wollen in Ämter hinein, damit sie Macht ausüben können. Einige Damen und Herren, die in der Politik vertreten sind, die sagen uns ja noch nicht einmal, warum wir sie wählen sollen, die sagen uns vielmehr, wen wir nicht wählen sollen."

Jakob meinte dazu: „Das erinnert mich an die Menschen die den Rassismus ausüben. Die wollen und können nicht sagen, warum sie so tolle Leute sind, sondern sie suchen und erfinden immer wieder Gründe, warum die Anderen so schlecht sind. Aber als Außenstehender weiß man da noch lange nicht warum die eine Partei, die die Anderen ins Schlechte Licht setzt, selbst aber meint sie wäre einfach perfekt und genial."

„Jakob, so habe ich das noch gar nicht gesehen, aber es gibt schon die eine oder die andere Parallele, die sich da erkennen lässt."

„Johannes, wenn wir aber jetzt, in der Zeit, wirklich einige tausend Jahre zurück gingen, würden wir da wirklich so eine heile Welt vorfinden, oder ist unsere Welt, in gewissen Teilen, nicht wirklich schlecht?"

Johannes meinte: „Ich habe erst vor kurzer Zeit gelesen, dass der Mensch ja nicht immer in dem Kontinent lebte, den wir Amerika nennen. Aus welchem Grund auch immer, ist der Mensch nach Amerika gelangt, und das war weit vor der Zeit, als Kolumbus diesen Kontinent entdeckte. Nun war es so: Dieser frühe Mensch, der nach Amerika gelangte, der hatte weder ein Auto besessen noch hatte er etwas Anderes besessen, was irgendwie maschinell oder industriell hergestellt wurde. Nun traf der Mensch auf eine Tierwelt, die es heute in Amerika nicht mehr gibt. Man weiß so etwas durch wissenschaftliche Ausgrabungen und so weiter. In Amerika konnten die ersten Menschen noch Elefanten und Löwen und noch viele andere Tierarten bewundern, die es heute dort nicht mehr gibt. Diese Tiere sind bald nach dem Auftreten der ersten Menschen, aus Amerika, verschwunden. Die Wissenschaft gibt die Schuld dafür, den ersten Menschen, die nach Amerika eingewandert sind."

„Johannes, du meinst, dass die Menschen, mit ihren primitiven Waffen, aus nuturbelassenem Holz und Stein, alle diese Tiere ausgerottet haben?"

„Ja es spricht, in der Tat, alles dafür, aber wenn man damals dafür gesorgt hätte, dass die Waffen, der frühen Menschen, einen batteriegestützten Elektroantrieb besessen hätten, dann wäre die Welt auch dort noch in Ordnung, dann hätten keine Schäden an der Umwelt oder Tierwelt geschehen können, wenn man unsere Damen und Herren aus der Politik richtig verstehen tut."

„Glaubst du das wirklich, Johannes?"

Natürlich glaubte das Johannes nicht selbst, er sagte: „Da wo der Mensch auftritt, dort wird die Tierwelt immer zurückgehen. Das ist es was ich glaube. Ich denke mir, das hat einfach damit zu tun, dass der Mensch Platz braucht. Der Mensch muss wohnen, er muss essen und er muss auch auf die Toilette gehen. Für all diese Dinge braucht der Mensch Platz. Viele Menschen brauchen viel Platz und die Anzahl der Menschen ist in den letzten fünfzig bis sechzig Jahren nicht weniger geworden, sondern die Zahl Menschen hat sich sogar verdoppelt.

Der moderne Mensch des einundzwanzigsten Jahrhunderts lebt heute weniger von der Jagt, er hat das alles unter Kontrolle. Die Pflanzen und die Tiere, die er braucht, züchtet er sich selbst, und dafür braucht er Platz. Nehmen wir zum Beispiel eine Großstadt wie Berlin, wenn wir uns überlegen, wie viele Menschen dort leben, das sind jetzt so ungefähr 3,7 Millionen Einwohner. Diese leben dort, die essen dort, sie gehen dort auf die Toilette und sie arbeiten dort, ihre Kinder gehen dort in die Schule oder den Kindergarten. Jetzt ist ja im Allgemeinem bekannt, dass nicht zwei Dinge, gleichzeitig, denselben Raum einnehmen können. Wo eine Stadt ist, kann nicht gleichzeitig ein Wald sein, auch wenn man, hin und wieder, auch einen Baum in der Stadt findet. Auf Feldern, wo Getreide angebaut wird, da will man keine Wildtiere haben, die diese Getreidepflanzen vernichten. An der Stelle, wo man den Wald entfernt und durch Betongebäude ersetzt, da wird das Klima sich verändern. Der Wald sorgt für Kühle, nicht zuletzt durch die Verdunstungskälte. Beton heizt sich aber in der Sonne auf und gibt die, tagsüber gespeicherte Wärme, in den Nachstunden wieder an die Umwelt ab. Es gibt da unendliche viele Beispiele. Ich wollte hier nur ein wenig an der Oberfläche kratzen.

Als Christ kann ich nur sagen: Wir dürfen das Beten nicht vergessen. Denn uns gehört diese Welt nicht, und im Gebet können wir, den eigentlichen Herrn der Welt, darum bitten, dass er uns mit all unsere Schwachheit und allen unseren Fehlern, nicht alleine lässt."

Jakob hörte seinem Freund mit großen Interessen zu, und meinte dann: „Johannes, ich weiß ja, dass du ein frommer Mensch bist. Du tust dich ja auch in der katholischen Kirche ordentlich einbringen. Aus diesem Grund gefällt es mir auch, was du über das Beten gesagt hast. Ich wäre ein glücklicher Mensch, wenn ich auch von mir selbst behaupten könnte, dass ich ein frommer Mensch sei."

„Mein lieber Jakob, dass du gerne ein frommer Mensch wärst, das ist ein sehr großer Schritt, in die richtige Richtung."

„Bei dir klingt das alles so ganz einfach, so selbstverständlich. Ich halte mich für einen Menschen, der sehr weit von der Kirche und vom Christlichen Glauben entfernt ist, auch wenn du meinst, dass ich auf den richtigen Weg sei, wenn das so sein sollte, dann bin ich auf einen Weg den ich selbst nicht als solchen erkennen kann."

Johannes meinte: „Christ werden und Christ sein, das ist kein Ding, das man so kurz nebenbei erledigen kann. Christ sein, ist ein Ding, an dem man den ganzen Tag dranbleiben muss, jeden Tag aufs Neue wieder."

„Johannes ich sehe, da liegt noch ein gewaltiges Stück Arbeit vor mir, aber wenn du mir zur Seite stehen würdest, so glaube ich, da könnte ich mich schon entwickeln. Aber weil wir eben, mehr oder weniger, von der Politik sprachen, da möchte ich dich doch noch etwas fragen: Meinst du, dass die Politik sich vermischen darf? Ich meine dies so, dass die Politik in die Kirche oder andere religiöse Einrichtungen reinregieren darf? Oder umgekehrt, dass die Kirche, oder eine andere religiöse Gemeinschaft, sich aktiv in die Politik einmischen darf, oder vielleicht selbst Politik betreiben darf?"

„Also Jakob, ich bin nicht der Meinung, dass die Politik in die Kirche hineinregieren darf. Und dies aus verschiedenen Gründen. Einer der Gründe könnte zum Beispiel sein, dass eine Person, die ein hohes politisches Amt bekleidet, einer Kirche -oder einer anderen religiösen Gemeinschaft- sehr nahesteht, ihr Amt dazu missbrauchen könnte, einer anderen Kirche oder anderen religiösen Gemeinschaft, aus rein persönlichen Gründen, einen Schaden zufügen wollte."

„Johannes, das hast du schön gesagt. Jetzt möchte ich dir gerne den Grund verraten, warum ich dir diese Frage gestellt habe. Was hältst du eigentlich davon, dass zur Bundestagswahl (2021) eine sehr negative religiöse Aussage verbreitet wird, wie es die SPD in diesen Tagen gemacht hatte, die in einem Wahl-Spot verkündigte: >> Wer Armin Laschet von der CDU wählt… wählt erzkatholische Laschet-Vertraute <<." (Quelle: Domradio.de 07.08.2021)

Johannes meinte ernst: Ja das habe ich auch mitbekommen. Hier ist nämlich so ein Beispiel, wie man nicht nur den politischen Gegner, in ein schlechtes Licht setzen möchte, sondern auch noch eine religiöse Gemeinschaft, der man selbst nicht angehört, schlecht dastehen lassen will."

„Ich sehe dies ähnlich. Wenn eine politische Person religiös ist, dann fällt das Ganze in die private Seite dieses Menschen hinein. Wenn aber mal wieder ein großer Trauergottesdienst gefeiert wird, nach einem schrecklichen Ereignis, dann sitzen in den Bänken, die Vertreter aller Parteien und dann ist es auch egal, wenn ein katholischer Bischof die Predigt hält.

„Da kann ich dir nur Recht geben Jakob. Ich bin auch auf jeden Fall davon überzeugt, dass es besser ist, wenn die Politik sich aus der Religion raushält, den schnell kann es passieren, dass sich bestimmte Kräfte in einer religiösen Gemeinschaft sich beleidigt, angegriffen oder unterdrückt fühlen und das kann in bestimmten Fällen sehr schlimme Folgen haben, ich möchte hier nur zwei Beispiele anführen, die in der Welt für großes Aufsehen gesorgt haben. Das eine

Beispiel ist Folgendes: Am 31.10 1984 starb durch ein Attentat die Indische Premierministerin Indira Gandhi, das Attentat sollte auch mit unterschiedlichen religiösen Gruppen zu tun haben, die in Indien sich nicht wirklich gut verstehen.

Das andere Beispiel betrifft den 11.09.2001, an diesem Tag gab es unter einigen anderen, ein Attentat auf das World Trade Center in New York City, auch dieses Attentat wurde von Menschen geplant und durchgeführt, die religiöse Gründe dafür angegeben haben. An Hand dieser Beispiele sollten sich die Menschen, die ein wichtiges, politisches Amt begleiten, mal ansehen was schlechte Politik, im schlimmsten Fall, auslösen kann. Nur der Mensch, der auch die Vergangenheit kennt, kann für eine bessere Zukunft etwas tun, der andere macht sonst die Fehler, die schon so oft begangen wurden, immer wieder."

Jakob konnte sich noch gut an die Zwei Ereignisse erinnern, Johannes meinte aber, dass dies für heute erst einmal genug sei, da gab ihn Jakob recht, er meinte noch: „Wir können uns vielleicht bald einmal treffen, und können dann gemeinsam in die Tiefe des Christlichen Glaubens eintauchen."

Johannes meinte: „Das würde mich wirklich freuen, vielleicht könnte man sich am Glaubensbekenntnis orientieren, und jedes Treffen mit einem Gebet abschließen, welches das Tagesthema abrunden und abschließen könnte."

„Das würde mich sehr freuen, mein lieber Johannes. Vielleicht wüsstest du schon für heute ein Gebet, denn dies war ja auch irgendwie ein religiöses Gespräch."

Johannes bat um einen Moment Zeit, in welchem er in sich ging, um das Besprochene noch einmal auf sich wirken lassen wollte. Nach wenigen Augenblicken meinte er: „Mein lieber Jakob, hier habe zum Abschluss noch ein Gebet:

1#

Heiliger und ewiger Gott,

wir Menschen können uns so viel Mühe geben, wie wir nur wollen,

aber perfekt werden wir niemals werden.

Du hast deinen Sohn in die Welt gesendet,

damit er uns die Erlösung bringt und dass
wir ihm nachfolgen sollen,

auf dem Weg, den er uns gezeigt hat.

Leider können oder wollen wir den richtigen
Weg nicht immer wirklich erkennen,

und wir landen dadurch in Verirrungen.

Selbst der von Dir eigens eingesetzte König
David,

war nicht ohne Schuld und hatte den rechten
Weg verlassen.

Du aber standest ihm bei und hast ihn auf
den richtigen Weg zurückgeleitet.

Die Verantwortung, die früher die Könige
tragen mussten,

diese wird heute von vielen Menschen
getragen,

die in ein politisches Amt hineingewählt
wurden.

Heiliger, Ewiger

Gott, wie Du schon an dem König David nachsichtig gehandelt hattest,

so stehe bitte auch in unsere Zeit,

den Damen und Herren bei, die in politischer Verantwortung stehen.

Menschen machen nun einmal Fehler,

und sie gehen aus den verschiedensten Gründen, in die Irre.

Bitte lass uns, unser Land und unsere Welt nicht alleine.

Amen.

# # #

Jakob war ganz ergriffen, von diesem Gebet, das ihm Johannes Vorgebetet hatte. „Johannes, das war so schön und es hat mir so gutgetan. Ich freue mich schon auf unser erstes Treffen."

Die zwei Freunde verabschiedeten sich voneinander und beendeten ihr Telefonat.

2

Die Bibel, das Fachkundebuch?

Wie es sich die zwei Freunde versprochen hatten, so haben sie es auch gehalten. Sie hatten nach einem Termin gesucht und diesen auch recht schnell gefunden. Der Volksmund sagt da auch nicht umsonst: Wo ein Wille ist, da ist auch ein Weg.

Man traf sich bei Johannes zu Hause. Über was man sich an diesem Tag unterhalten wollte, dies hatte man, in groben Zügen, schon etwas abgesteckt. Nachdem man sich begrüßt hatte, machten sie es sich in den Sesseln, des Wohnzimmers von Johannes, bequem, diese standen sich gegenüber und zwischen den Sesseln stand ein kleiner Tisch.

Johannes ergriff das Wort: „Wir hatten ja ausgemacht, dass wir uns an den Punkten, oder wie man es auch ausdrücken kann, an den einzelnen Artikeln -von dem Glaubensbekenntnisses- entlang arbeiten möchten. Dir mein lieber Jakob, ist doch dieses Glaubensbekenntnis bekannt?"

„Bekannt würde ich nicht wirklich sagen. Natürlich habe ich, in der Zwischenzeit, mir das Glaubensbekenntnis angesehen und es auch schon des Öfteren durchgelesen, das macht mich nicht gleich zu einem Fachmann, oder wie siehst du das?"

„Da gebe ich dir natürlich recht. Aus diesem Grund sind wir ja hier, wir wollen etwas in die Tiefe, dieses Bekenntnisses, hinabsteigen und uns, das Eine oder das Andere, zu erarbeiten."

„Johannes, das hört sich recht gut an. Bitte lass uns doch gleich damit beginnen."

„Ich würde sagen, da gehen wir doch an den Anfang, von dem Bekenntnis. Ich lese diesen zuerst einmal vor: **Ich glaube an Gott, den Vater, den Allmächtigen, den Schöpfer des Himmels und der Erde.**

Das Glaubensbekenntnis möchte die Einzigkeit Gottes gleich vom Anfang an, in den Vordergrund stellen. Es will damit zum Ausdruck bringen, dass es nur einen einzigen Gott gibt. Aber der erste Artikel fängt mit den zwei Worten an: **Ich glaube.** Mein lieber Jakob, kannst du mir etwas zu der Aussage -

Ich glaube- etwas sagen? Fällt dir da ein Wenig dazu ein?"

„Wenn du mich so spontan fragen tust, da ist so eine Frage nur sehr schwer zu beantworten. Ich hatte einmal eine Quizshow im Fernsehen gesehen, da hatte der Moderator dem Kandidaten eine Frage gestellt, der Kandidat hatte seine Antwort mit der Einführung -Ich glaube- begonnen. Der Moderator hatte da sofort zu ihm gesagt: Glauben heißt, dass man es nicht weiß. Ich denke mir, du wünscht dir von mir eine andere Antwort."

„In der Tat, Jakob. Dass das Glauben so viel heißen würde wie: Man weiß es halt nicht. Dies ist es nicht was das Glaubensbekenntnis uns sagen möchte. Es ist eher so, der Christliche Glaube, der baut gerade darauf, dass ein gewisses Grundwissen vorhanden ist."

„Johannes, das ist eine sehr interessante Aussage, kannst du dies etwas ausführlicher rüberbringen?"

„Mit dem Glauben ist es ganz ähnlich, wie mit vielen anderen Dingen in dieser Welt. Um etwas Glauben zu können, da müssen

Vorkenntnisse erworben werden. Mein Lieber Jakob, du fährst doch ein Auto?"

„Da hast du recht, und ich hatte auch erst eine kostspielige Reparatur daran gehabt. Es wurde im Motor etwas in Ordnung gebracht."

„Ja ich meine, du hattest einmal etwas darüber gesagt. Du meintest, de Mechaniker hätte gesagt: Ich glaube, das ist das Lager von einer der Pleuelstangen, welches nicht mehr in Ordnung ist"

„Ja genau, Johannes, so war das."

„Nun, wenn jemand glaubt, bei einem Motor sei eine Pleuelstange nicht in Ordnung, der muss doch zuerst ein Wissen darüber haben, dass so ein Automotor über so ein Bauteil verfügt. Er muss auch dazu wissen, was genau die Aufgabe von so einem Ding ist."

„Johannes, ich meine, nun verstehe ich so ganz langsam, auf was du hinauswillst. Wenn jemand einen Beruf erlernt, dann lernt er viele Sachen, die ein normaler Mensch nie kennenlernen wird."

„Genau Jakob, und woher hat dieser Mensch das Wissen, welches in seinem Beruf wichtig ist?"

„Einmal bekommt er viel erzählt, von Menschen, die das benötigte Wissen schon lange besitzen, weil sie selbst diesen Beruf, schon vor einigen Jahren erlernt haben, und zum Anderem hat dieser Mensch sein Wissen aus einem Buch, das in der Berufsschule wohl Fachkundebuch genannt wurde. Nun ist es mit dem Christentum sehr ähnlich, man braucht zuerst ein Wissen, das daherkommt, weil einem Menschen etwas darüber erzählten. In den meisten Fällen ist dies die Aufgabe der eigenen Familie."

„Leider, mein lieber Johannes, hat das in meiner Familie nicht so funktioniert. Bei uns zu Hause ist und war niemand wirklich fromm."

„Das tut mir natürlich leid für dich. Dafür hast du ja jetzt mich. Ein sogenanntes Fachkundebuch habe ich auch hier. Bei uns heißt dieses Buch -Die Bibel-. In dieser Bibel stehen viele Dinge darin, die von dem Allmächtigen Gott Zeugnis geben."

„So habe ich das noch nie gesehen, ich hielt die Bibel einfach für ein dickes Buch, das noch nie einer wirklich gelesen hat."

„Mein lieber Jakob, so denken viele Menschen. Einige schlagen auch hin und wieder die Bibel irgendwo auf und lesen ein paar Seiten, verstehen diese aber nicht, dann schlagen sie dieses Buch wieder zu und es bleibt für lange Zeit geschlossen. Wir aber wollen unsere Bibel mal aufschlagen und uns dem Stammvater des Judentums sowie auch des Christentums einmal ansehen, den Vater Abraham.

Hier im Buch Genesis, welches auch das erste Buch Mose genannt wird, da beginnt mit dem zwölften Kapitel die Geschichte mit dem Abraham. Du wirst vielleicht gleich feststellen, dass Abraham hier noch einen anderen Namen hat. Dieser Name klingt zwar ähnlich, aber erst später bekommt er den Namen Abraham. Den ersten Namen wurde ihm von Menschen gegeben, der zweite Name ist ihm von Gott selbst gegeben worden. Ich würde sagen, ich lese jetzt die ersten drei Verse aus dem zwölften Kapitel vor:

(Genesis 12.1-3)

Der Herr sprach zu Abram: Zieh weg aus deinem Land, von deiner Verwandtschaft und aus deinem Vaterhaus in das Land, das ich dir zeigen werde. Ich werde dich zu einem großen Volk machen, dich segnen und deinen Namen groß machen. Ein Segen sollst du sein. Ich will segnen, die dich segnen; wer dich verwünscht, den will ich verfluchen. Durch dich sollen alle Geschlechter der Erde Segen erlangen.

Bis zu diesem Zeitpunkt wissen wir eigentlich noch nichts von Abraham. Wenn wir in der Bibel weiterlesen, dann stellen wir fest, dass es sich bei Abraham nicht um einen armen Menschen handelt. Für seine Zeit war er recht wohlhabend. Wir wissen auch nicht, ob bis zu diesem Zeitpunkt, Gott schon einmal mit ihm geredet hatte. Ich kann mir aber gut vorstellen, dass das nicht das erste Mal war, wo Gott dem Abraham, in irgendeiner Art und Weise, nahegekommen war. Denn wenn dies der erste Kontakt gewesen wäre, dann hätte Abraham wohl eher ängstlich, auf das Wort von Gott, reagiert. Unsere Bibel ist auch so schon ein dickes Buch, und wenn man jetzt noch alles, von der Geburt des

Abrahams bis zu diesem Zeitpunkt, den ich gerade vorgelesen habe, noch dazu schreiben wollte, dann hätte unsere Bibel schnell mal zweihundert oder dreihundert Seiten mehr. Auch für die Bibel gilt. In der Kürze liegt die Würze."

Jakob meinte darauf: „Du meinst, Abraham war, zu diesem Zeitpunkt, wo Gott ihn ansprach, schon ein Fachmann in den Glaubensdingen, also Gott war ihm etwas Vertrautes und er war für ihn etwas Gutes?"

„Genau so muss es gewesen sein, mein lieber Jakob. Wie ich schon sagte: Abraham war kein armer Mensch. Er hatte eine große Herde von Vieh und er hatte viel Personal, das in seinem Dienst stand, auch wenn man damals das Personal noch anders nannte. Nun ist es einmal so, eine große Herde die aus sehr vielen Tieren besteht, die braucht auch eine große Menge von Nahrung, und dies jeden Tag wieder aufs Neue. Schnell sind die Weidegründe abgegrast und man muss dann neue Weideflächen suchen. Nun spricht Gott den Abraham an, er sagt ihm, dass er seine Heimat verlassen soll. Weiter spricht Gott der Herr davon, dass er ihn zu einem großen Volk machen würde. Hier sind zwei Dinge, die dem Abraham gefallen haben. Das Erste wird wohl gewesen sein: Abraham vertraute Gott, dass dieser genau wusste, wo es gutes Weideland, für seine Tiere gab. Und das Zweite war: Wenn er Abraham zu einem großen Volk machen würde, dann müsse dieser weniger Angst vor Viehräuber oder andere Feinde haben, denn wer greift schon ungestraft ein großes und starkes Volk an. Ein großes Volk kann einfach mehr Vorkehrungen treffen, mit Sicherheitspersonal, wie Wachposten und so weiter. Also Abraham war davon überzeugt, dass Gott ihm etwas Gutes tun wollte, und so hatte Abraham gerne das getan, was Gott von ihm verlangte."

Jakob wollte wissen: „Siehst du von Abraham zu uns irgendeine Parallele? Abraham lebte doch in einer ganz anderen Zeit, man kann direkt auch sagen, er lebte doch in einer ganz anderen Welt."

„Man kann auch noch heute, die eine oder die andere Parallele erkennen. Zuerst müssen wir uns vorstellen, dass es auch für Abraham nicht leicht war, alles hinter sich zu lassen, und von jetzt auf gleich, ein ganz neues Leben zu beginnen. In der Welt und in der Zeit, in der wir heute leben, da ist es für viele Menschen leichter ohne Gott zu leben, zumindest denken sich einige das. Denn an Gott zu glauben und den Willen Gottes zu tun, das hat natürlich etwas mit Verantwortung zu tun. Wir leben heute und hier, in einem Land, in dem es den Menschen recht gut geht. Auch die Außenseiter der Gesellschaft, die durch alle Siebe und Roste fallen, welche die Gesellschaft aufgestellt hat, wo die Gesellschaft meint, so und so müsse ein jeder Mensch funktionieren. Wer durch alle Sortierroste der Gesellschaft fällt, dem bleibt nicht mehr viel zum Leben. Wer seine Arbeit verliert und nicht bald eine neue Arbeit findet, der verdient kein Geld. Und Geld wird gebraucht, um sich eine Wohnung zu mieten, andere kaufen sich, mit Hilfe eines Bankkredits, eine Wohnung. Wer kein Geld hat, kann die Miete, die Kredit-Rate nicht mehr bezahlen und er verliert diese Wohnung. Er sitzt dann auf der Straße, und wenn dieser Mensch eine Familie hat, für die er die Verantwortung trägt, dann sitzt nicht nur ein Mensch auf der Straße, sondern vielleicht drei oder fünf Menschen, und mit dem Kaufen von Nahrung sieht es dann auch nicht besser aus. Nun haben wir in unserem

Land ein System das die schlimmsten Nöte auffangen soll. So wird zum Beispiel ein Arbeitslosengeld ausgezahlt. Auch wenn ein Mensch krank wird, und so mehrere Wochen nicht zur Arbeit gehen kann, so ist dieser Mensch nicht gleich zum Tod, durch verhungern, verurteilt. Dieser Mensch bekommt auch während seiner Krankheit sein Gehalt weiterbezahlt. Ich will hier nicht alle Dinge aufzählen, die hier vom Staat, sprich durch Gesetz und Gerichtsurteile, geregelt sind. Da fällt es den Menschen leicht, nicht an Gott zu glauben, denn man braucht keinen Gott mehr, man hat ja schließlich Rechte, und diese Rechte kann man sich einklagen. Wenn dann auch noch eine entsprechende Versicherung abgeschlossen wurde, dann macht das Klagen, vor Gericht, auch noch spaß, weil da keine extra Kosten mehr entstehen."

Jakob hatte sich schon öfters mit diesem Thema beschäftigt und meinte dazu: „Das stimmt alles, was du da sagst, und ich finde das auch alles richtig, dass es bei uns eine Umverteilung von Geld gibt, und so die Nöte der Menschen, die wie du sagtest, durch alle

Sortierroste gefallen sind, aufgefangen werden."

„Jakob, ich gebe dir sicherlich Recht, dass so ein System ein Segen für die Gesellschaft ist. Jetzt muss man nur noch bedenken, so ein System gibt es nicht schon immer und es gibt es nicht in jedem Land dieser Erde. Wir leben in einer Demokratie, dies bedeutet, das Volk wählt sich alle vier Jahre eine neue Bundesregierung. Es kann durchaus passieren, dass eine Partei die Regierung übernimmt, die dieses soziale System abschafft, dann hat man, mit einem Schlag, viele Menschen, die in wenigen Wochen verhungern könnten. An Gott zu glauben, das heißt auch bereit zu sein, Verantwortung zu übernehmen. Verantwortung für sich selbst und für seine Familie und Verantwortung übernehmen für Menschen, die in einer Situation sind, aus der sie aus eigener Kraft, nicht mehr herauskommen."

Jakob wurde sehr nachdenklich und meinte: „Mein lieber Johannes, so habe ich das noch nie gesehen. Für mich war das Soziale System einfach immer da und fertig, Dass aber dieses System einfach zerplatzen könnte, so wie eine Seifenblase es tut, das hast erst du mir vor Augen geführt. Ich denke, dies war viel Stoff für heute. Bitte lass uns für heute Schluss machen. Wenn du zum Abschied noch ein Gebet hättest, das würde mich bestimmt aufbauen. Ich habe gerade feststellen müssen, sich über Gott und Glauben, Gedanken zu machen, das tut einem aus einem Dornröschenschlaf wecken. Was heute fest steht und allgemein gültig ist, das kann morgen schon lange vergessen sein."

Johannes hatte ein Gebet vorbereitet und trug es nun vor:"

2

Allmächtiger Gott,

Glück und Reichtum,

das mögen Dinge sein, die sogar so schön sein können,

so schön, dass sie uns mit ihrem Glanz so blenden,

so dass unsere Augen nicht mehr in der Lage sind,

andere, wichtige Dinge in der Welt zu sehen oder zu erkennen.

Unsere Augen tun sich schnell an das helle Licht anpassen,

und wir können dann etwas,

was nicht ganz so hell erstrahlt, sehr schnell übersehen.

Aber wir können unsere Augen wieder daran gewöhnen,

auch dieses, was weniger gut beleuchtet ist, zu erkennen.

Das zu erblicken was im Schatten dieser Welt sich bewegt,

das kann man dann, wenn man sich etwas Mühe gibt.

Allmächtiger Gott, bitte gib uns,

für unsere Augen, geistige Sonnenbrillen,

damit wir uns nicht vom falschen Glanz der Welt,

in die Irre leiten lassen.

Wir wollen unsere Umwelt,

immer mit einem offenen Herz betrachten,

aber auch mit einem kritischen Auge:

Denn Blender gibt es überall auf der Welt,

mehr als genug.

Herr und Gott,

bitte stehe uns ständig bei und bekleide uns,

wie du schon unseren Vater Abraham bekleidet und beschützt hast.

Darum bitten wir dich durch Jesus Christus unseren Herrn.

Amen.

#

Die zwei Freunde, machten nach einem Moment des Schweigens und des Nachdenkens, einen neuen Termin aus.

3

Wenn du denkst, dass wir so den Karren aus dem Dreck bekommen.

Die Zeit verging wie im Flug, und kaum, dass man sich versah, war die Zeit gekommen, die für den nächsten Termin vereinbart war. Jakob war natürlich recht pünktlich, bei seinem Freund Johannes, erschienen. Johannes meinte. „Weißt du noch, was wir als Letztes besprochen hatten?"

„Was für eine Frage, natürlich weiß ich es noch, wie kann ich so etwas vergessen. Wir wollten uns das Glaubensbekenntnis ansehen und die einzelnen Punkte durcharbeiten. Wir hatten mit dem ersten

Punkt, den ersten Artikel angefangen, und da hatten wir auch nur die ersten beide Worte, des Glaubensbekenntnisses, uns angeschaut."

„Genau so war das Jakob. Wir hatten die zwei Wörter uns angesehen, die da lauten: **Ich glaube.** Nun wollen wir uns einmal ansehen, woran wir denn wirklich glauben. Ich lese diesen ersten Artikel noch einmal vor: -**Ich glaube an Gott, den Vater, den Allmächtigen, den Schöpfer des Himmels und der Erde-**

Wir wollen uns also heute mal ansehen, an was wir glauben oder besser gesagt, an wen wir glauben."

„Mein lieber Johannes, wenn ich mal was vorschlagen dürfte."

„Natürlich darfst du was vorschlagen, lass mich nur deinen Vorschlag hören."

„Also Johannes, es ist nämlich so, ich würde gerne mit -**Den Schöpfer des Himmels und der Erde-** beginnen. Ich tue mir da ein bisschen schwer. Wenn ich ehrlich bin, dann ist es keine Kleinigkeit an der ich mich reibe. Du musst wissen, ich war auch nicht untätig, ich habe mir die Schöpfungsgeschichte, in der Bibel angesehen. Die steht ja ziemlich weit vorne in diesem Buch."

„Die Schöpfungsgeschichte ist in der Tat, das Erste, was in der Bibel steht. Sie fängt mit dem ersten Buch der Bibel an, welches das erste Buch Mose ist, was wir in der katholischen Kirche als das Buch Genesis bezeichnen."

„Ja Johannes, so heißt das, und die Schöpfungsgeschichte fängt im ersten Kapitel, mit dem Vers Eins an. Aber du kannst es mir glauben oder nicht, es fällt mir schwer, dem zu folgen, was da geschrieben steht. Auf der einen Seite hat man das Gefühl, dass da eine siebentage Woche, chronologisch, aufgezeigt wird. Erster Tag, zweiter Tag und so weiter. Dann aber hat man das Gefühl, da will einer einem auf den Arm nehmen. Denn es geschehen Dinge, die in dieser Reihenfolge, niemals geschehen sein können. Und zum anderen weiß der heutige, halbwegs gebildete Mensch, dass die Welt, und auch das Weltall nicht in sieben Mal vierundzwanzig Stunden entstanden sind. Dies wären gerade einmal einhundertachtundsechzig Stunden. Selbst in einhundertachtundsechzig Jahren, wäre dies nicht möglich gewesen. Man muss nur einmal bedenken, dass der Zwergplanet Pluto, weit mehr als zweihundert Jahre braucht, um nur einmal die Sonne zu umkreisen.

Unsere Erde ist vier Komma fünf Milliarden Jahre alt, das ganze Weltall ist fast dreimal so alt, und in der Bibel steht was von sieben Tagen. Und wenn wir dies einmal kurz beiseitelassen, dann stört mich natürlich, dass Gott schon am ersten Tag das Licht erschuf, aber die Lichtquelle unsere Welt, nämlich die Sonne, die schuf er erst am vierten Tag. Dennoch wurde es bis zur Erschaffung von Sonne, Mond und Sterne, es täglich wieder Tag und Nacht, oder wie es dort steht: Es wurde Abend und es wurde Morgen.

Siehst du Johannes, wo mein Problem liegt? Wenn du mir aus diesem Engpass, dieser Schwierigkeit heraushelfen könntest, dann wäre ich dir sehr dankbar. Du verstehst mich doch sicherlich?

Aber solange ich hier festhänge, da hat es keinen Sinn, sich die anderen Punkte, des Glaubensbekenntnisses, anzuschauen."

„Natürlich erkenne ich die Problematik, die dich gerade beschäftigt, aber ich sage es dir frei heraus. Ich möchte dir nicht sofort eine Antwort geben. Ich möchte mir erst noch einen anderen Punkt, mit dir zusammen, ansehen. Wenn wir diesen Punkt durchgearbeitet haben, dann gehe ich gerne auf das ein, was dir hier so schwer auf dem Herzen liegt."

„Wenn du meinst, Johannes, dann machen wir es doch so, wie du es eben vorgeschlagen hast."

„Du hattes dich mit Gott, dem Schöpfer, beschäftigt und du bist da irgendwie hängen geblieben. Wir machen es einfach so, wie man es immer wieder gerne macht, wenn sich ein Ding verklemmt hat. Nämlich wenn sich ein Ding verklemmt, sei es auch nur der Schraubdeckel einer Wasserflasche, dann macht es doch recht wenig Sinn, wenn man den Deckel, mit Gewalt und sehr viel Kraftaufwand, gerade in die Richtung weiterdrehen möchte, in die er sich verklemmt hat. Sonst passiert folgendes, der Deckel und die Flasche, zumindest das Gewinde an der Flasche, werden zerstört und damit ist die ganze Sache in einem unbrauchbaren Zustand."

„Soweit kann ich dir folgen, mein lieber Johannes, aber was dein Beispiel mit meinem Problem zu tun hat, das kann ich im Moment wirklich nicht erkennen."

„Bleiben wir einfach bei dem Schraubverschluss einer Wasserflasche, es könnte auch etwas anderes sein, was wir zusammenschrauben wollen. Was macht man, wenn man etwas zusammenschrauben möchte, und man stellt fest, dass man den Deckel, den man auf eine Flasche schrauben möchte, sich verklemmt hat, weil das Gewinde falsch ineinandergegriffen hat?"

„Ja, dann schaue ich mir die ganze Sache genau, von allen Seiten, an. Ich suche nach dem Fehler und versuche vielleicht durch vorsichtiges Klopfen, die Verklemmung zu lösen. Vielleicht probiere ich auch aus, die ganze Angelegenheit, in eine andere Richtung zu drehen, um dadurch die Blockade zu lösen."

„Richtig Jakob. In technischen Dingen hast du schon eine recht gute Begabung, und diese Begabung wollen wir auch jetzt einsetzen. Wir versuchen die Blockade, die dich in der Schöpfungsgeschichte stört, zu lösen. Wir wollen sie lösen, nicht indem wir mit Gewalt, als in die Richtung weiterdrehen, in der du dich festgefahren hast. Du sitzt jetzt fest, wie ein Personenkraftwagen, der mit den Antriebsrädern in ein Matschloch gefahren ist. Der Wagen bleibt stehen, der Fahrer probiert aus diesem Matschloch herauszukommen, die Räder haben keinen festen Grund mehr, auf dem sie greifen könnten, die Räder drehen durch, wenn der Fahrer jetzt Gas geben will, dann kommt er nicht voran, das Auto schwankt vielleicht ein wenig von links nach rechts, aber nach vorne kommt der Wagen nicht, das Einzige was passiert ist folgendes: Je mehr der Autofahrer auf das Gaspedal tritt, umso mehr Dreck fliegt durch die Gegend, der von den durchdrehenden Reifen weggeschleudert wird.“

Jakob nickte. „Ich glaube, du hast jetzt genau den Zustand beschrieben, in dem ich jetzt stecken tue. Ich kann Gas geben, soviel wie ich will, aber alles wird immer schlimmer."

„Aus diesem Grund, muss man jetzt aufhören, mit dem Gas geben und nach einer anderen Möglichkeit suchen, damit man langfristig, noch sein Ziel erreichen kann."

„Aber du musst mithelfen, Johannes, alleine schaffe ich das nicht."

„Dann lass uns doch gleich anfangen. Du bist hängen geblieben, bei Gott dem Schöpfer. Ich möchte dir nun vorschlagen, wir machen nun weiter, bei Gott dem Allmächtigen."

„Wenn du denkst, dass wir so den Karren aus dem Dreck bekommen, dann bin ich natürlich bereit dazu und ich würde gerne mitarbeiten."

„Jakob, bis jetzt bist du, wie du schon selbst gesagt hattest, kein besonders gläubiger Mensch, aber du wärst gerne ein gläubiger Mensch."

„Das stimmt, es ist halt ein sehr schwerer Weg, und diese Schlammlöcher, in denen man sich mit dem Auto festfahren kann, von denen gibt es bestimmt sehr viele?"

„Jakob, machen wir doch einmal ein Gedankenspiel. In den Gedanken kann man doch einfach alles erreichen, alles was man nur möchte."

„So ist es, Johannes, da will ich dir nicht widersprechen."

„Also nehmen wir einmal für einen Moment an, dass du schon jetzt ein tief gläubiger Mensch wärst. Und jetzt würde jemand an dich herantreten mit der Aussage, dass Gott allmächtig ist, und er wollte mit dir darüber reden, würdest du da gerne mitmachen?"

„Natürlich Johannes, so ein Spiel mache ich gerne mit."

„Nun ist es im Christlichen Glauben so, um was zu verstehen zu können, was man aber nicht sehen oder anfassen kann, oder auch nicht mit seinem Sinnen erfassen kann, da muss man zuerst mit den Dingen anfangen, die man wirklich mit seinen Sinnen erfassen kann. Kannst du mir folgen?"

„Aber sicher, was du da sagst klingt ja irgendwie logisch."

„Nun schauen wir uns einmal die Welt an, es gab schon immer Menschen, die Großes erreicht oder vollbracht haben. Die Zeugnisse davon können wir ja überall in der Welt sehen, vielleicht auch bestaunen. Menschen gehen immer mal wieder neue Wege, sie stellen Dinge in Frage, die bis zu diesem Zeitpunkt immer festgestanden haben. Die einen behaupten, dass die Erde eine Kugel sei, obwohl doch alle Welt schon immer gewusst hatte, dass die Erde eine Scheibe sei. Der Beweis dafür ist doch der gewesen, wenn die Welt eine Kugel wäre, dann würde man von ihr herunterfallen, wenn man sich zu weit in eine Richtung wegbewegen würde. Von der Anziehungskraft hatte noch kein Mensch etwas gehört. So war es mit sehr vielen Dingen in der Welt. Würdest du mir da Recht geben, wenn ich sagen würde, dass Menschen die so etwas herausfinden, wie dass die Erde keine Scheibe ist, irgendwie eine Größe besitzen, die andere Menschen in dem Moment nicht besitzen?"

„Das sehe ich genauso wie du Johannes."

„Das ist schön, nun gibt es Menschen die etwas entdecken und es gibt da Menschen, die bauen etwas, etwas was es in dieser Form vorher niemals gegeben hatte."

„Du meinst, die Erfindung vom Auto oder vom Flugzeug oder vielleicht die Erfindung von einem Kühlschrank, den man mit Strom anstatt mit Blöcken aus gefrorenem Wasser betreiben kann?"

„Ja genau, das meine ich. Ich denke mir, dass solche Menschen eine Größe haben, die sie von anderen Menschen abhebt. Damit meine ich nicht, dass ein Erfinder gleich zwei Meter an Köpergröße besitzen muss. Ich denke mehr an eine innere Größe. Diese Menschen können etwas, was bis dahin, kein anderer Mensch konnte, und oft haben solche Leute die eigene Gesundheit vernachlässigt, nur um ihre Idee zu verwirklichen. Man könnte unendlich viele Dinge aufzählen, jede Zeit hatte ihre großen oder großartigen Menschen gehabt. Der Eine baut das größte Gebäude der Welt, der Andere entwickelte ein Medikament gegen eine, bis zu diesem Zeitpunkt, unheilbare Krankheit."

„Johannes, natürlich hast du damit recht, aber was willst du mir denn wirklich damit sagen?"

„Wenn wir behaupten, dass solche Menschen, über die wir eben gesprochen hatten, eine Größe besessen hatten, die andere Menschen ihrer Zeit, nicht besessen hatten, dann will ich damit sagen, dass Gott, der ja noch viel mehr getan hatte, als einen Kühlschrank zum Laufen zu bringen, eine gewaltigere Größe besitzt, als wie sie ein Mensch je besitzen wird."

„Da kann ich dir nur zustimmen."

„Gut, das freut mich. Wenn wir nun annehmen wollen, dass die Größe von Gott gigantischer ist, als alles was wir, mit unserem technischen Hilfsmittel, messen können. Würdest du mir da zustimmen?"

„Keine Frage, natürlich stimme ich dir in diesem Punkt zu."

„Das ist prima, denn dann bin ich mit meinem Ausflug zum Allmächtigen Gott schon fertig."

„Und was machen wir jetzt. Ich meine, wo es gerade so spannend wurde?"

„Jetzt werden wir uns wieder deiner verklemmten Wasserflasche zuwenden, oder deinen festgefahrenen Wagen."

„Aber bevor wir das Tun, lass uns erst einmal eine Pause machen. Ich habe gesehen, hier in der Straße ist eine nette Pizzeria, lass doch dort hingehen. Ich lade dich ein."

„Die Einladung nehme ich gerne an, ich habe nämlich auch Hunger."

„Johannes, wenn du vorher noch ein Gebet hättest, dass zu unserem Thema passen würde, das tät mir jetzt, mit Sicherheit, guttun."

„Ich habe wirklich eins, das trage ich noch vor, dann gehen wir Essen, und nachher kümmern wir uns um dein geistiges Auto, dass noch immer in dem Matschloch feststeckt."

3

Allmächtiger Gott,

die Wege, die du gehst, sind nicht immer das,

was wir als einen Weg erkennen können.

Und wenn wir dennoch diesen Weg erkennen,

dann sind es nicht die Strecken,

die wir wirklich gerne laufen möchten.

Gehen wir aber nicht auf deinen Pfaden,

dann verlieren wir total die Richtung.

Wir sind dann dort, wo wir niemals hinwollten,

und wir machen Sachen, die uns nicht gefallen.

Wir bitten Dich guter Vater im Himmel,

unser Anliegen an Dich wäre,

stelle uns gute und leicht lesbare Wegweiser auf

oder schicke uns Menschen,

die uns auf deine Wegweiser aufmerksam machen,

damit wir nicht verloren gehen.

Auch wenn es nicht immer die kürzeste und einfachste Straße ist,

die uns zu dir führt, lass uns dennoch diesen Weg finden,

und hole uns aus jeder Verirrung zurück.

Amen

# # #

4

Was hat die Zeit mit einer Masse zu tun?

Nach einem guten Mittagsessen, Traf man sich wieder im Wohnzimmer von Johannes. Treffen ist jetzt vielleicht nicht der passende Ausdruck. Man kam zusammen von der Pizzeria zurück, und weil das Wetter so schön war, ist man noch ein Stück spazieren gegangen, einmal um den Häuserblock, dies dauerte knapp dreißig Minuten. Nach dem sie wieder im Wohnzimmer waren, fragte Johannes, ob er eine Kanne Kaffee kochen sole. Dem stimmte Jakob zu. Als dann beide den ersten Schluck Kaffee zu sich genommen hatten, meinte Johannes: „Wir wollen in unserem Glaubenskurs weiter machen. Wenn ich dich richtig verstanden habe, dann hast du ein großes, wenn nicht sogar ein sehr großes Problem, und zwar mit den Zeitangaben. Du bist der Meinung, dass sieben Tage viel zu kurz sind, für die Erschaffung der gesamten Welt."

„Ja, genau Johannes. Ich sagte, dass die Zeit von nur sieben Tage, vorne und hinten, nicht ausreichen."

„Jetzt drehen wir einmal diesen Glaubenskurs, für einen Moment um. Ich bin jetzt der Schüler und du bist der Dozent."

„Ok, Johannes, was soll ich dir denn beibringen?"

„O, das ist eine ganz einfache Kiste. Nehmen wir einmal an, ich käme von ganz weit her, vielleicht sogar von einem anderen Stern, aus einer anderen Galaxie. Nun bin ich hier, und ich bin so unwissend wie ein kleines Kind, das gerade auf die Welt gekommen ist. Da ich von einer anderen Galaxie komme, habe ich von vielen Dingen, natürlich keine

Ahnung. Damit ich dich überhaupt verstehen kann, habe ich im Ohr meinen Übersetzer stecken, eine kleine Maschine, die du nicht sehen kannst, aber diese Maschine, kann ohne jede Verzögerung, jede Sprache, in die meinige übersetzen, zudem lässt dieses kleine Ding mich in deiner Sprache sprechen. Das ist auch der Grund dafür, dass wir uns überhaupt unterhalten können. Wollen wir dies einmal durchspielen?"

„Johannes, du machst mich neugierig. Rollenspiele die kenne ich, die können sehr viel Spaß machen."

„Das ist doch prima, dann lass uns doch gleich beginnen. Also ich bin ganz dumm, weil ich in diesem Teil des Weltraums, noch niemals gewesen bin.

Also Jakob, ich finde es bei euch, in eurem Sonnensystem, ja alles ganz toll. Aber leider gibt es bei euch Begriffe, die mir nicht das Geringste sagen. Diese Begriffe müsstest du mir einmal ausführlich erklären."

„Alles klar, Johannes von der Wega. Sag doch einfach frei heraus, was du gerne wissen möchtest."

„Also gut, lieber Jakob, sei doch so lieb und erkläre mir, was der Begriff Zeit bedeutet. Ich frage mich nämlich was das sein könnte. Wie sieht ein Gegenstand aus, den man Zeit nennt?"

„Ja, mein Freund von der Wega. Ich kann dir schon einmal sagen: Zeit ist kein Gegenstand."

„Wenn es kein Gegenstand ist, was ist es dann? Ist Zeit vielleicht ein Ton, ein Geräusch, wie das Heulen von Wölfen oder wie das Plätschern von fließendem Wasser, in einem Fluss?"

„Auch hier muss ich dir sagen. Zeit ist auch kein Geräusch."

„Jetzt musst du mir erklären was das ist: Zeit."

„Mein lieber Wegamensch, die Frage, die du mir stellst, die ist wirklich nicht leicht zu beantworten. Auf der einen Seite hat man es quasi immer mit der Zeit zu tun, aber dir jetzt erklären, was das ist, das ist wirklich nicht einfach.

Ach jetzt weiß ich, wie ich dir die Zeit erkläre." Jakob streckte den linken Arm nach vorne, am Handgelenk, von diesem Arm, hatte er eine Armbanduhr befestigt. Mit der rechten Hand machte er diese ab, vom Handgelenk. Er hielt die Uhr Johannes unter die Nase und sagte: „Das hier ist eine Uhr, eine Digitaluhr. Wenn du einmal hersehen möchtest. Hier diese Zahlen zeigen die ganz genaue Uhrzeit an. Der Tag fängt bei einer Uhrzeit von 00:00 Uhr an, und der Tag hört bei 23:59 Uhr auf. Ach ja hier werden auch noch die Sekunden angezeigt, so dass der Tag ganz genau bei der Uhrzeit von 23:59:59 Uhr beendet ist."

„Johannes machte ein Gesicht, als wenn er das nicht wirklich verstanden hätte. „Zeit ist also ein kleines rundes Ding, das Zahlen anzeigt. Aber was weiß ich jetzt genau, wenn ich mir deine Uhr ansehe?"

„Das ist doch ganz einfach, du siehst die aktuelle Uhrzeit, und du weißt ganz genau, wie spät es gerade ist."

„Aha, diese Uhr zeigt mir an, wie spät es jetzt in Frankfurt ist und sie zeigt mir an, wie spät es in Moskau, in New York und auch in Tokio ist?"

„Leider nein, mit Frankfurt hattest du schon recht gehabt. Die Uhr zeigt an, wie spät wie es gerade in Mitteleuropa haben."

„Ja, dann ist Zeit etwas anderes in Frankfurt als wie in Moskau?"

„Ach Johannes, du machst mich total verrückt, ich weiß es jetzt wirklich nicht, wie ich dir die Zeit erklären soll."

„Mein lieber Jakob, auf der einen Seite kannst du mir nicht erklären, was das ist, die Zeit. Aber auf der anderen Seite tust du so, als wenn du sehr wohl wüsstest, was Zeit ist. Du machst sogar deinen Glauben, an Gott den Allmächtigen, davon abhängig. Du kritisierst Dinge, von denen du noch nicht einmal weißt, was das wirklich für Sachen sind."

„Das ist mir, mittlerweile, auch etwas peinlich. Weißt du eigentlich, was Zeit ist?"

„Das ist recht einfach erklärt, was die Zeit ist. Zeit ist nichts anderes als der Stand der Sonne. Die Sonne geht im Osten auf, im Laufe des Tages erreicht sie den höchsten Punkt am Himmel, dann geht sie irgendwann im Westen unter. Ist die Sonne sichtbar, dann nennt man diesen Zustand Tag. Wenn die Sonne, nach ihrem Untergang, nicht mehr sichtbar ist, dann nennt man diesen Zustand, Nacht. Irgendwann kam ein Mensch auf die Idee, einen Stock in die Erde zu stecken, dann hat er beobachtet, der Stock bleibt stehen, aber der Schatten, den der Stock warf, der hatte sich bewegt. Wenn der Mensch nun Steine genommen hatte und hatte damit bestimmte Punkte markiert, die der Schatten des Stockes passieren musste, dann hatte er die erste Uhr der Welt gebaut, an der er bestimmte Tageszeiten ablesen konnte, die für ihn wichtig waren. Wann es Zeit war für das Frühstück, das Mittagsessen und so weiter. Noch heute schauen sich die Bauern, um eine bestimmte Uhrzeit, um das Wetter bestimmen zu können, die Wolken am Himmel an. Mir hatte einmal ein Bauer erklärt, wenn der Himmel, vormittags um elf Uhr, so und so aussieht, dann gibt es am Nachmittag kein Regen, und das ist wichtig zu wissen, wegen der Ernte. Es gibt da Tätigkeiten, die man im Regen nicht so gut machen kann. Und als die ersten Menschen mit der Landwirtschaft begonnen hatten, da war so eine einfache

Uhr, eine Sonnenuhr, sehr hilfreich und wertvoll."

Jakob fand diese Erklärung, von der Zeit, hochinteressant. Nun stellte Johannes noch eine Frage: „Jakob, nachdem du jetzt weißt, was man unter dem Begriff, Zeit, versteht, da gibt es natürlich noch eine ganz wichtige Frage, die geklärt werden muss. Kannst du dir vorstellen, um welche Frage es sich handeln könnte?"

„Also, beim besten Willen nicht. Was gibt es nun noch zu klären?"

„Das kann ich dir genau sagen. Heute hat man Uhren gebaut, mit denen man auch den kleinsten Teil einer Sekunde messen kann. Und mit solchen Uhren kann man natürlich feststellen, ob das, was wir Zeit nennen, überall mit derselben Geschwindigkeit abläuft."

„Johannes, jetzt willst du mich aber auf den Arm nehmen."

„Das will ich keinesfalls tun. Wie oft wurde schon am ersten Tag, eines neuen Jahres, in den Nachrichten gesagt: Das vergangene Jahr hatte zwei Minuten länger gedauert."

„Da muss ich dir recht geben, das habe ich auch schon gehört, jetzt wo du es sagst, fällt es mir wieder ein."

„Jakob, aber kannst du dir vorstellen, wenn ich zweimal die gleiche Uhr habe, und diese an zwei verschiedene Orte bringe, dass sie dann auch unterschiedlich schnell die Zeit messen, die vergeht?"

„Jetzt machst du aber Dinge mit mir. Wo willst du denn diese Uhren hinbringen?"

„Das ist ganz einfach. Die eine Uhr bringt man aufs Flachland, auf Meeresspiegel Höhe und die zweite Uhr, die bringt man ins Hochgebirge. Nach einer gewissen Zeit, wenn man diese Uhren, die vorher exakt gleich gegangen sind, wieder zusammenbringt, dann wird man feststellen, die Uhr, die nicht im Hochgebirge war, wird anzeigen, dass bei ihr die Zeit etwas schneller vergangen ist. Hier auf der Erde braucht man, für so einen Versuch, Uhren die wirklich, den kleinstmöglichen Teil einer Sekunde anzeigen können. Es hat was mit Masse und mit Größe zu tun. Wenn man jetzt, mit einem schnellen Raumschiff, zu einem sogenannten schwarzen Loch fliegen würde und man würde dort sieben Tage bleiben, rechnen wir einmal die Zeit nicht mit ein, die wir für den Hin- und den Rückflug brauchen würden, dann würdest du feststellen, dass in diesen sieben Tage, die du an einem schwarzen Loch im Weltall verbracht hattest, hier schon Jahrhunderte vergangen sind. Das hat damit zu tun, weil so ein schwarzes Loch, aus sehr viel Materie besteht und dass das schwarze Loch sehr groß ist, größer als unser ganzes Sonnensystem."

„Das habe ich nicht gewusst, aber wenn du das sagst, dann will ich es gerne glauben."

„Jakob, du hast gelernt, dass die Zeit anders vergehen kann, also in einer anderen Geschwindigkeit ablaufen kann. Wenn wir nun unterstellen, dass wir heute die Größe von ganzen Galaxien messen können und natürlich auch die Größe von schwarzen Löchern, können wir bestimmen. Wenn wir so etwas bestimmen, dann reden wir von Jahren, von Lichtjahren, wir reden unter Anderem von Millionen von Lichtjahren. Ein Lichtjahr ist die Strecke, die das Licht innerhalb eines Jahres zurücklegt. Wenn man sich überlegt, der Abstand zwischen unsere Sonne und unsere Erde beträgt ca. 152 Millionen Kilometer, um diese Strecke zurück zu legen, braucht das Licht dazu ungefähr 8 Minuten. Jetzt kannst du dir vorstellen, welche Strecke das Licht in einem Jahr zurücklegt, oder in 1000 Jahren, oder in einer Million Jahren zurücklegt. Dies alles hat der Mensch schon, mit den von ihm erfundenen Geräte nachgemessen.

Jetzt gehen wir wieder auf den Punkt zurück, wo wir festgestellt haben, dass Gott der Allmächtige, größer ist als alles was wir messen können. Dann können wir auch davon ausgehen, dass Gott in seiner unfassbaren Größe, die Zeit so beeinflussen kann, dass bei ihm sieben Tage mehr Zeit beinhalten können, als wie man braucht um ein ganzes Universum zu erschaffen."

„Natürlich Johannes, wenn man es von diesem Punkt aus sieht, dann sind sieben Tage mehr als genug Zeit."

Johannes freute sich, dass er es dem Jakob so erklären konnte, dass er das auch alles verstanden hat. Johannes schaute auf die Uhr und meinte: „Mein lieber Jakob, es ist schon spät geworden, ich denke wir machen für heute Schluss, den nächsten Termin haben wir ja schon beim Mittagsessen abgesprochen."

Jakob fand es schade, dass die Zeit, während man über sie sprach, doch so rasch vorüber ging. Er bat Johannes darum, dass dieser noch ein Gebet sprach. Was Johannes natürlich gerne tat.

#4#

Allmächtiger Gott,

deine Größe können wir nicht wirklich erkennen,

wir können deine Größe noch nicht einmal erahnen.

Mit was sollten wir deine Größe auch messen,

wo du doch größer bist, als wie es ein Werkzeug,

dass ein Mensch je geschaffen hat, es jemals erfassen kann.

Großer ewiger Gott,

unsere Zeit, die Zeit unseres Lebens auf der Erde ist begrenzt,

sie liegt in der Spanne von einigen Jahrzenten,

du aber, du bist der Ewige, du warst schon derselbe,

bevor Abraham geboren war,

und du wirst derselbe bleiben bis in alle Ewigkeit.

Darum sei bitte mit uns,

in jeder Hinsicht begrenzten Menschen, sehr nachsichtig:

Denn oft fehlt uns einfach die Zeit,

für eine kluge und wohlüberlegte Handlung.

Amen

# # #

Jakob war, wie immer, sehr angetan von dem Gebet.

5

Abraham verhandelt, wie auf dem
Wochenmarkt, mit Gott!

Jakob hatte sich zu dem nächsten Treffen,
wegen des Glaubenskurses, bei Johannes
eingefunden. Nach der Begrüßung meinte
Johannes: „Heute wollen wir uns doch
einmal den zweiten Artikel von unserem
Glaubensbekenntnisses ansehen. Der zweite
Artikel hat folgenden Wortlaut: **Und an Jesus**
Christus, seinen eingeborenen Sohn,
unseren Herrn."

„Mein lieber Johannes, da gibt es jetzt erst
einmal viel zu besprechen. Hier gibt es
etwas, was mich an der Formulierung stören
tut, und zwar die Aussage: Sein
eingeborenen Sohn."

„Und was ist es, was dich stören tut?"

„Es ist das Wort -Eingeborenen-, das klingt irgendwie abwertend. Und wenn es in unserem Glaubenskurs um den Allmächtigen Gott geht, dann geht es doch mit Sicherheit um die Verherrlichung Gottes und nicht um etwas Negatives?"

„Da gebe ich dir voll und ganz recht, Jakob. Aber es ist in diesem Kurs auch wichtig, dass du sagst, was du denkst. Wir sind ja unter uns, es hört ja kein Mensch mit. Du kannst das ruhig aussprechen, wenn du meinst, dass du ein Problem erkannt hättest."

„Ich sage es frei heraus. Ich habe ein Problem damit, dass ich in dem Wort -Eingeboren-, etwas Gutes erkennen soll. Wenn wir uns in der Geschichte umschauen, die die europäischen Völker hinter sich haben, dann ist das Wort -Eingeborner oder auch Eingeborne- immer mit etwas Minderwertes behaftet. Ich denke mir, dass genau dieses, das Glaubensbekenntnis, uns nicht vermitteln will."

„Das hört sich doch sehr vernünftig an, Jakob. Kannst du das noch etwas besser auf den Punkt bringen, also konkret sagen, wo du die Minderwertigkeit erkennen tust?"

„Das mache ich doch gerne. Wie schon gesagt, die Europäer sind früher viel in der Welt herumgekommen und sie haben einfach Land in Besitz genommen, ohne groß zu fragen, ob dieses Land schon irgend Jemand gehören würde. Nun war es halt, in eigentlich allen Fällen so, dass die Europäer nicht die ersten Menschen waren, die diesen Boden betreten hatten. Vor ihnen waren da schon andere Menschen angekommen, die schon sehr lange dort lebten, und so waren diese Menschen eigentlich die Besitzer der Ländereien, die die Europäer sich unter den Nagel gerissen hatten. Da war es ihnen eigentlich egal, ob das in Amerika oder in Afrika oder in Asien war. Die Europäer bezeichneten diese Menschen, die praktisch schon immer dort lebten als Eingeborene. Diese Menschen waren für die Europäer keine vollwertigen Menschen, sie machten mit ihnen was sie wollten. Sie brachten sie um, oder sie vertrieben sie, oder sie setzten sie, wie Arbeitstiere, zum Arbeiten ein. Aus diesem Grund hat die Bezeichnung - Eingebornen Sohn- etwas an sich, das man eigentlich nicht zu jemanden sagt, vor den man viel Respekt hat.“

„Jakob, deine Ausführungen sind sehr eindrucksvoll, leider muss ich dir Recht geben, mit dem was du gesagt hast. Wie würdest du die sogenannten -Eingeborenen- nennen, wenn du dieses Wort nicht benutzen willst?"

„Ich würde sie Ureinwohner nennen."

„Ureinwohner, weil sie die Ersten waren, die von diesem Land Besitz genommen haben?"

„Genau aus diesem Grund, und dieser Begriff klingt auch nicht negativ."

„Mein lieber Jakob, ich denke, du hast dir gerade selbst die richtige Antwort gegeben."

„Wie meinst du das?"

„Wenn nun der Eingeborne gleich der Ureinwohner ist, und der Ureinwohner gleich der Erste von Allen ist, dann wertest du diesen Begriff, ganz ordentlich, auf."

„Was du da sagst, das habe ich so noch gar nicht gesehen. Jesus ist der Eingeborne Sohn von Gott dem Allmächtigen, und weil er der Eingeborene ist, so ist er der Erste vor Allen. Niemand, der sich Sohn oder Tochter nennt, kann vor ihm gewesen sein. Und weil jeder

Mensch sein Leben als Kind beginnt, kann er in der Ordnung, niemals vor, sondern nur hinter Jesus stehen. Ich muss sagen mein lieber Johannes, dieser Glaubenskurs macht mir immer mehr Freude."

„Das tut mich natürlich erfreuen, dann können wir ja weitermachen."

„Ja, lass uns weiter machen Johannes. Ich habe zunächst eine Frage. Wir haben festgestellt, dass Gott einen Sohn hat. Jetzt würde mich natürlich interessieren, hatte dieser Sohn einen bestimmten Aufgabenbereich? Ich meine, in der Zeit, wo er auf der Erde war?"

„Aber sicher hatte er das gehabt. Um die Aufgaben von Jesus Christus zu erkennen, da sollten wir uns eine Stelle aus dem Markus Evangelium ansehen, und zwar im Kapitel 12 die Verse 1 bis 9. Ich werde jetzt diese Stelle einmal vorlesen, ich denke so bekommen wir etwas Licht dorthin wo bis jetzt, bei dir, noch eine Dunkelheit herrscht."

„Ja, sei bitte so nett und lese die Stelle vor."

Johannes nahm sich die Bibel und schlug diese auf, damit er diese Stelle vorlesen konnte.

„(Markus 12.1-9) Jesus begann zu ihnen wieder in Form von Gleichnissen zu reden. Er sagte: Ein Mann legte einen Weinberg an, zog ringsherum einen Zaun, hob eine Kelter aus und baute einen Turm. Dann verpachtete er den Weinberg an Winzer und reiste in ein anderes Land. Als nun die Zeit dafür gekommen war, schickte er einen Knecht zu den Winzern, um bei ihnen seinen Anteil an den Früchten des Weinberges holen zu lassen. Sie aber packten und prügelten ihn und jagten ihn mit leeren Händen fort. Darauf schickte er einen anderen Knecht zu ihnen; auch ihn misshandelten und beschimpften sie. Als er einen dritten schickte, brachten sie ihn um. Ähnlich ging es vielen anderen; die einen wurden geprügelt, die anderen umgebracht. Schließlich blieb ihm nur noch einer: sein geliebter Sohn. Ihn sandte er als letzten zu ihnen, denn er dachte: Vor meinen Sohn werden sie Achtung haben. Die Winzer aber sagten zueinander: Das ist der Erbe. Auf, wir wollen ihn töten, dann gehört sein Erbgut uns. Und sie packten ihn und brachten ihn um und warfen ihn aus dem Weinberg hinaus. Was wird nun der Besitzer des Weinbergs tun? Er wird kommen und die Winzer töten und den Weinberg anderen geben."

Nachdem Johannes geendet hatte, legte er die Bibel bei Seite und Fragte Jakob: „Hast du das verstanden, was ich dir vorgelesen habe?"

Jakob überlegte einen Moment, dann meinte er: „Etwas habe ich wohl verstanden, aber bestimmt nicht alles. Da gab es einen Mann, der legte einen Weinberg an, dann verpachtete er den Weinberg, dann wollte er das holen, was ihm zustand, von dem Gewinn des Weinberges. Zuerst schickte er Leute um diesen Gewinn zu holen, als die Erfolglos waren, schickte er seinen Sohn. Nun frage ich mich: Sind diese Leute, die zwischen dem Weinbergbesitzer und seinem Sohn, aufgeführt werden, wichtige Leute oder sind es nicht so wichtige Leute?"

„Mein lieber Jakob, das hast du sehr gut beobachtet, und ich kann dir sagen, es handelt sich keines Falles um unwichtige Leute."

„Ich weiß ja sehr wohl, dass solche Erzählungen in der Bibel, durch Bilder, unter denen man sich etwas vorstellen kann, auf eine andere Wirklichkeit hindeuten sollen. Ich selbst bin aber noch zu weit weg, als dass diese Bilder mir gleich zeigen können, um was es wirklich geht."

„Das glaube ich dir. Aus diesem Grund machen wir ja diesen Glaubenskurs. Genauso wie hier in dem Beispiel, das uns Jesus erzählt, hat es Gott in Wirklichkeit gemacht. Gott wollte etwas von den Menschen, also hatte er ihnen zuerst einige Propheten geschickt. Die Propheten sollten die Menschen wieder auf den richtigen Weg zurückführen."

„Wer waren denn diese Propheten, kannst du mir mehr über sie sagen, Johannes?"

„Ich denke mir, wenn wir alle Propheten uns hier anschauen wollten, dann würde es den Rahmen hier sprengen. Ich will mich der Einfachheit halber auf zwei Propheten beschränken. Den Einen, den kennst du schon, wir hatten schon über ihn gesprochen, ich meine den Abraham. Mit den zweiten Propheten will ich dir den Elia vorstellen.

Ich möchte dir heute diese zwei Propheten einmal von einer ganz anderen Seite vorstellen. Zuerst will ich dir den Abraham vorstellen, den wir ja schon in unserem Glaubenskurs begegnet sind. Als zweiten Propheten will ich dir den Elija vorstellen. Ich lese zuerst eine Stelle aus der Bibel vor, in der es um den Abraham geht, und dann können wir gerne über das Ereignis, um das es in dieser Lesung geht, uns unterhalten."

Johannes nahm sich die Bibel, die auf dem kleinen Tisch lag, schlug sie auf und begann daraus vorzulesen.

„(Genesis 18. 16-33) Die Männer erhoben sich von ihrem Platz und schauten gegen Sodom. Abraham wollte mitgehen, um sie zu verabschieden. Da sagte sich der Herr: Soll ich Abraham verheimlichen, was ich vorhabe? Abraham soll doch zu einem großen, mächtigen Volk werden, durch ihn sollen alle Völker der Erde Segen erlangen. Denn ich habe ihn dazu auserwählt, dass er seinen Söhnen und seinem Haus nach ihm

aufträgt, den Weg des Herrn einzuhalten und zu tun, was gut und recht ist, damit der Herr seine Zusagen an Abraham erfüllen kann. Der Herr sprach also: Das Klagegeschrei über Sodom und Gomorra, ja das ist laut geworden, und ihre Sünde, ja die ist schwer. Ich will hinabgehen und sehen, ob ihr Tun wirklich dem Klagegeschrei entspricht, das zu mir gedrungen ist. Ich will es wissen. Die Männer wandten sich von dort ab und gingen auf Sodom zu. Abraham aber stand noch immer vor dem Herrn. Er trat näher und sagte: Willst du auch den Gerechten mit dem Ruchlosen wegraffen? Vielleicht gibt es fünfzig Gerechte in der Stadt: Willst du auch sie wegraffen und nicht den Ort vergeben wegen der fünfzig Gerechten dort? Das kannst du doch nicht tun, die Gerechten zusammen mit den Ruchlosen umbringen. Dann ginge es ja dem Gerechten genauso wie den Ruchlosen. Das kannst du doch nicht tun. Sollte sich der Richter über die ganze Erde nicht an das Recht halten? Da sprach der Herr: Wenn ich in Sodom, in der Stadt, fünfzig Gerechte finde, werde ich ihretwegen den ganzen Ort vergeben. Abraham antwortete und sprach: Ich habe es nun einmal unternommen, mit meinem Herrn zu reden, obwohl ich Staub und Asche bin. Vielleicht fehlen an den fünfzig Gerechten fünf. Wirst du wegen der fünf dir ganze Stadt vernichten? Nein, sagte er, ich werde sie nicht vernichten, wenn ich dort fünfundvierzig finde. Er fuhr fort, zu ihm zu reden: Vielleicht finden sich dort nur vierzig. Da sprach er: Ich werde es der vierzig wegen nicht tun. Und weiter sagte er: Mein Herr zürne nicht, wenn ich weiterrede. Vielleicht finden sich dort nur dreißig. Er entgegnete: Ich werde es nicht tun, wenn ich dort dreißig finde. Darauf sagte er: Ich habe es nun einmal unternommen, mit meinem Herrn zu reden. Vielleicht finden sich dort nur zwanzig. Er antwortete: Ich werde sie um der zwanzig willen nicht vernichten. Und nochmals sagte er: Mein Herr zürne nicht, wenn ich nur noch einmal das Wort ergreife. Vielleicht finden sich dort nur zehn. Und wiederum sprach er: Ich werde sie um der zehn willen nicht vernichten. Nachdem der Herr das Gespräch mit Abraham beendet hatte, ging er weg und Abraham kehrte heim."

Johannes legte die Bibel wieder auf den Tisch zurück und schaute seinen Schüler an. „Mein lieber Jakob, ist dir hier etwas aufgefallen?"

„In der Tat, es ist mir folgendes aufgefallen. Bis jetzt war ich der Meinung, dass ein Prophet von Gott eine Anweisung bekommt, und dann diese Anweisung ausführt. So habe ich es bei Jona gelesen. Nur dieser Jona wollte von Gott davonlaufen, er lief solange weg, bis er merkte, man kann Gott nicht davonlaufen, erst dann ist er den Anweisungen Gottes gefolgt."

„Mein lieber Jakob, das hast du wirklich gut erkannt, und was war bei Abraham eben anders?"

„Soviel ich weiß, ist dies eine Abschied-Szene, dieser geht voraus, dass drei Männer in das Lager von Abraham kommen."

„Genau so war es. Gott schickte drei Engel zu Abraham, zum Abschied gingen zwei Engel zu der Stadt Sodom, mit dem Auftrag, den wir in der Lesung gehört hatten. Der dritte Engel blieb noch einen Moment bei Abraham, und durch diesen dritten Engel sprach Gott zu Abraham."

„Abraham war aber in diesem Gespräch aber nicht derjenige der Befehle oder Anweisungen entgegennehmen musste, er war ein Mensch, der von Gott davon in Kenntnis gesetzt wurde, was Gott mit der Stadt Sodom vorhatte."

„Das hast du gut beobachtet Jakob. Abraham war in diesem Moment, nicht mehr der gewesen, der eine Anweisung befolgen sollte. Abraham war jemand, der mit Gott verhandelt hatte. Abraham legte ein gutes Wort ein, für die Menschen, die er als Gerecht oder als Gottesfürchtig ansah, oder zumindest vermutete, dass es auch in Sodom einige von ihnen geben sollte. Abraham war sogar sehr vorsichtig, er sprach nur von fünfzig Menschen, die zu denen gehören sollte, die sich anständig benehmen könnten.

Gott willigte dem Abraham zu, also gut, sollten dort fünfzig Menschen sein, die sich gut benehmen können, dann lass ich ab, von meinem Unternehmen.

Abraham hatte aber Angst, es könnten dort wohl Gerechte leben, aber ihre Anzahl wäre vielleicht doch etwas kleiner. Aus diesem

Grund verhandelte er, wie ein Händler auf dem Marktplatz, mit Gott. Zuerst fiel die Zahl Fünfundvierzig, dann die Zahl Vierzig und so weiter, bis Abraham an die Zahl Zehn kam, selbst da willigte Gott immer noch ein, seine Hand nicht gegen die Stadt Sodom zu erheben. Gott beendete aber an dieser Stelle das Gespräch mit dem Abraham und ging weg."

„Du meinst, dass man mit Gott auch etwas aushandeln kann?"

„Ja, mein lieber Jakob. Gott ist durchaus auch dazu bereit, sich auf einen Handel einzulassen. Wenn es sich um so etwas handelt, wie bei der Stadt Sodom. Abraham hätte nämlich keinen persönlichen Vorteil davon gehabt, ob die Stadt nun vernichtet wird oder ob die Stadt weiter bestehen darf. Ihn ging es darum, dass unschuldige Menschen nicht bestraft werden."

„Du meinst, ich übertreibe einmal an dieser Stelle etwas, wenn man Gott bittet: Lieber Gott lass mich bei der nächsten Lottoziehung gewinnen, oder lass mein Fußballverein - Deutscher Meister- werden, dann hat so eine Bitte keinen Sinn?"

„Genau Jakob, solltest du dennoch im Lotto gewinnen, dann herzlichen Glückwunsch, aber mit einer Bitte an Gott hat das dann aber nichts zu tun."

„Aber ich finde es toll, dass ich hier und heute erfahren habe, dass Gott sich auch auf einen Handel einlässt."

„Du hast es erfasst, und bei den Propheten, den du vorhin erwähnt hattest, den Jona, da war es doch genauso gewesen. Jona sollte der großen Stadt Ninive ihren Untergang ankündigen. Die Bewohner dieser Stadt und sogar ihr König, taten Buße, darauf ließ Gott von der angekündigten Strafe ab."

„Johannes, ich bekomme gerade eine Gänsehaut. Bei Gott ist nicht alles Endgültig. Der Mensch kann nicht sagen: Es hat doch keinen Sinn mehr. Gott hört auf den Menschen der eine echte Einsicht zeigt. Johannes, ich freue mich schon auf den zweiten Propheten, den Elia."

„Zu den kommen wir gleich."

Johannes nahm die Bibel erneut von dem kleinen Tisch, er schlug sie auf, räusperte sich und fing an vorzulesen:

„(1.Könige 19.3-8) Elija geriet in Angst, machte sich auf und ging weg, um sein Leben zu retten. Er kam nach Beerscheba in Juda und ließ dort seinen Diener zurück. Er selbst ging eine Tagesreise weit in die Wüste hinein. Dort setzte er sich unter einen Ginsterstrauch und wünschte sich den Tod. Er sagte: Nun ist es genug, Herr. Nimm mein Leben; denn ich bin nicht besser als meine Väter. Dann legte er sich unter den Ginsterstrauch und schlief ein. Doch ein Engel rührte ihn an und sprach: Steh auf und iss! Als er um sich blickte, sah er neben seinem Kopf Brot, das in glühender Asche gebacken war, und einen Krug mit Wasser. Er aß und trank und legte sich wieder hin. Doch der Engel des Herrn kam zum zweiten Mal, rührte ihn an und sprach: Steh auf und iss, sonst ist der Weg zu weit für dich. Da stand er auf, aß und trank und wanderte, durch diese Speise gestärkt, vierzig Tage und vierzig Nächte bis zum Gottesberg Horeb."

Johannes schlug die Bibel wieder zu und legte sie zurück auf den kleinen Tisch, der zwischen den beiden Freunden stand.

Johannes schaute nun Jakob an und meinte: „Fällt dir spontan etwas dazu ein?"

„Ja, ich glaube schon. Da ist ein Mann, der Prophet Elija. Dieser Elia scheint seinen ganzen Lebensmut verloren zu haben. Er will sein Leben beenden, indem er sich in die Wüste, unter einen Strauch setzt. Wenn man nichts zu Essen und nichts zum Trinken hat, dann ist das Leben eines Menschen, in der Wüste, schnell zu ende."

„Ja, Jakob das hast du gut beobachtet. Elija war ein Prophet, der im Auftrag Gottes sprach. Die Leute, die er ansprach waren darüber nicht erfreut. Sie wollten dem Elija zum Schweigen bringen, sie wollten ihn töten. Elija floh in die Wüste, er fühlte sich verlassen und selbst von Gott allein gelassen. Elija schlief ein, wurde aber dann geweckt. Er bekam etwas zu Essen, frisch gebackenes Brot, und er bekam frisches, sauberes Wasser zum Trinken. Ein Engel war ihm erschienen. Wie es aussah, wollte der Engel dem Elija bei seiner Flucht helfen, aber zum Schluss ging die Sache so ähnlich aus, wie die Sache schon beim Jona ausgegangen ist. Zum Schluss erfüllte der Elija, dann doch noch die Wünsche und Anweisungen Gottes."

„Ich denke mir Johannes: Es geht wohl vielen Menschen so, wie es dem Elija erging. Man kommt in seinem Leben an einen Punkt, wo man eigentlich nichts mehr richtig machen kann. Alles was man jetzt noch machen könnte, das würde die momentane Situation nicht verbessern, eher verschlechtern."

„Genauso erging es dem Elija, aber Gott war bei ihm. Er war bei ihm, als er als Prophet unterwegs war, und sich dadurch viele Feinde machte. Gott war bei ihm als er die Flucht ergriff, und Gott war bei ihm als er sein Leben beenden wollte. Gott hatte aber dem Elija keine Vorwürfe gemacht. Er hatte ihm nicht seine Fehler vorgeworfen. Gott hatte den Elija unterstützt, dass er aus diesem tiefen Tale, aus dem tiefen Loch heraus klettern konnte."

„Wenn wir jetzt, Johannes, auf die - Erzählung von dem Weinbergbesitzer-zurückschauen, dann muss man erkennen, dass es sich um ein Bild handelt. In der Person des Weinbergbesitzers wird Gott abgebildet, und in den Knechten, werden die Menschen abgebildet, die im Auftrag Gottes unterwegs sind. Das können Propheten sein, das können aber auch ganz normale Menschen sein."

„Genauso ist das, mein lieber Jakob."

„Und der Sohn, das ist der Sohn Gottes."

„Auch hier hast du vollkommend recht, Jakob. Und dass Gott noch nicht alle Menschen vernichtet hat, die gegen die Anordnungen Gottes verstoßen, sagen wir mal Mörder, Diebe und so weiter, das hat wohl auch viel mit Menschen zu tun, wie Abraham einer war, der meinte, Gott könne doch nicht die Guten, zusammen mit den Schlechten, vernichten."

„Johannes, das war für mich wieder viel, was wir uns erarbeitet haben. Wollen wir für heute Schluss machen? Wenn du noch ein Gebet hättest, das du vortragen möchtest, das wäre schön."

Natürlich war Johannes einverstanden, für heute Schluss zu machen, und ein Gebet hatte er auch vorbereitet, welches er auch gleich vorbetete:

#5#

Gütiger und Ewiger Gott,

du gibst nicht nur Anweisungen

und achtest dann auch nicht ganz peinlich darauf,

dass diese Anweisungen von den Menschen eingehalten werden,

sondern du lässt deine Großzügigkeit, sehr oft durchscheinen.

Allmächtiger Gott,

du zeigst dich auch als Verantwortlicher,

der den Menschen beisteht, die in deinem Dienst stehen.

Du hast auf Abrahams Bitten gehört.

Du hast dich sogar auf einen Handel,

mit ihm, eingelassen,

als er um Gnade für Menschen bittete,

die er selbst noch nicht einmal kannte.

Allmächtiger Gott,

wir Menschen sehen nur einen winzigen kleinen Teil, der Schöpfung,

aus diesem Grund handeln wir auch oft so, dass es dir nicht gefällt.

Bitte schicke auch in unsere Zeit, Propheten und Engel,

die uns helfen, den richtigen Weg zu erkennen,

und gib uns dem Mut diesen Weg dann auch zu gehen.

Amen.

# # #

Auch dieses Gebet gefiel dem Jakob sehr gut, denn er meinte, dass dieses Gebet, zum Teil, seine eigene Lebenssituation widerspiegelte. Dann machten die zwei Freunde einen neuen Termin aus, um den Glaubenskurs fortzusetzen.

Wenn schon ein einfacher Programmierer mehr kann, als ein normaler Anwender...

Die Zeit vergeht oft schneller als wie man denkt. Schon war es wieder Zeit geworden für den nächsten Teil des Glaubenskurses. Nachdem sich die zwei Freunde begrüßt hatten, setzten sie sich ins Wohnzimmer. Johannes hatte schon eine Kanne mit duftenden Kaffee vorbereitet. Zuerst tranken sie eine Tasse von dem heißen Getränk.

Johannes meinte dann: „Wenn du möchtest, dann können wir ja mit unserem Glaubenskurs fortfahren."

Natürlich wollte Jakob dies, er freute sich mittlerweile so richtig auf diese Treffen mit Johannes. Jakob wusste nicht zu sagen, ob er sich das nur einbilden würde, aber er meinte etwas habe sich in seinem Leben geändert. Er war der Meinung, dass er die Welt nun mehr mit dem Herzen, als mit dem Kopf wahrnehmen würde. Dinge über die er sich noch vor kurzer Zeit geärgert hätte, die steckte er jetzt einfach weg, oder er meinte: Das könne schon einmal passieren, das macht doch nichts. Jakob hielt es aber noch für verfrüht, als dass er darüber schon mit Johannes reden wollte. Jakob meinte zu sich selbst: Du musst das im Auge behalten, man kann ja nie wissen.

Johannes begann mit seinem Unterricht. „Mein lieber Jakob, heute wollen wir den dritten Artikel des Glaubensbekenntnisses uns anschauen."

Jakob gab durch eine Kopfbewegung, dem Freund zu verstehen, dass er damit einverstanden war. So fuhr Johannes fort: „Der dritte Artikel lautet:

-Empfangen durch den Heiligen Geist,

Geboren von der Jungfrau Maria- „

„Also Johannes, du hast mich in diesem Glaubenskurs, schon von vielen Dingen überzeugt, das hätte ich niemals für möglich gehalten. Jetzt aber sind wir an eine Grenze herangetreten, die selbst du, niemals überschreiten wirst. Hier sind wir an einem Punkt angelangt, an dem wohl auch dir die

Kraft ausgeht, die du brauchst um mich zu überzeugen."

„Mein lieber Jakob, das hört sich ja an, als wenn du dich mit den Händen und den Füßen wehren wolltest. Als wenn du schon jetzt, bevor wir überhaupt darüber gesprochen haben, als wenn du schon jetzt alles ablehnen tätest."

„Das mag für dich, Johannes, durchaus so aussehen. Ich sage dir wie das für mich aussieht. Ich bin doch wirklich kein dummer Mensch."

„Jakob, das behauptet doch überhaupt keiner."

„Dann lass es mich einmal so ausdrücken: Wir alle wissen doch ganz genau wo die Babys herkommen. Wir wissen, dass sie im Leib der Mutter wachsen, angefangen von zwei Zellen, die sich im Leib der Frau vereinigen, aber das weißt du doch ja alles selbst. Eine Zelle stammt von der Mutter und eine Zelle stammt vom Vater. Die ganzen Fachbegriffe, die erspare ich uns jetzt. Wie die Zelle, die vom Vater stammt, in den Leib der Mutter kommt, das müssen wir jetzt nicht im Einzelnen ausbreiten. Auf jeden Fall ist das ein Prozess, wenn der durchgeführt wurde, dann kann man, berechtigter Weise, davon ausgehen, dass eine Frau, die eine männliche Zelle empfangen hat, keine Jungfrau mehr ist.

Jetzt wirst du wohl mit dem Argument kommen, es gibt ja auch die Befruchtung, die im Labor und außerhalb des Körpers der Frau, durchgeführt wird. Auch hier muss ich sagen, ebenfalls kann man dann hier nicht mehr von einer Jungfrau sprechen, denn das was aus biologischer Sicht, eine Jungfrau ausmacht, ist nicht mehr vorhanden. Und wenn schon, dann ist es zumindest nach der Geburt, des Kindes soweit, dass man bei einer Frau nicht mehr von einer Jungfrau reden kann. Und wenn du das auch wieder alles schönreden willst, ohne Beteiligung eines Mannes, wie auch immer, kann kein Kind gezeugt werden."

„Jakob, jetzt reg dich nicht so auf. Das was du hier alles aufgezeichnet hast, das gilt natürlich für alle normale Fälle. Wie wir aber in unserem Glaubenskurs schon gesehen haben, können sich Dinge, die wir in einer ganz festen Ordnung sehen, einfach verschieben. Du hattest auch behauptet, dass Gott es niemals schaffen konnte, die Erschaffung der Welt in nur sieben Tagen, jetzt denkst du doch auch etwas anders darüber."

„Ja Johannes, das mit der Erschaffung der Welt und das mit der Zeit, die nicht an jeden Ort genau dieselbe ist, das habe ich, durch deine Hilfe verstanden. Aber das hier ist doch wieder eine ganz andere Sache, die kann man nicht so einfach vergleichen."

„Also Jakob, wenn wir unterstellen, dass Gott allmächtig ist, dann ist das doch ein Punkt, wo du mir Recht geben würdest?"

„Das hatten wir schon gehabt. Natürlich gebe ich dir Recht. Ich meine nur, es gibt doch für alles Spielregeln, an die keiner vorbeikommen kann, denn sonst funktioniert es nicht."

„Das mit den Spielregeln ist ein guter Einwand. Ich möchte aber noch einmal auf die Allmächtigkeit Gottes zurückkommen. Jakob würdest du mir zustimmen, wenn ich sage: Egal was ein Mensch auch für eine Leistung, egal auf welchem Gebiet, erbringt. Der Mensch wird niemals an das herankommen, was Gott alles vermach, nicht im Ansatz wird er dahin kommen?"

„Natürlich gebe ich dir da recht."

„Jetzt will ich einmal auf etwas alltägliches zurückgreifen. Du kennst doch Computerspiele, die es auch für das Handy gibt?"

„Natürlich kenne ich diese Spiele, ab und zu spiele ich selbst so ein Spiel."

„Jetzt gehe ich davon aus, der Mensch, der so ein Spiel, ich sage mal, herstellt, der hat doch alle Fäden in der Hand. Der Spieler später muss dann, wenn er in so ein Game gewinnen will, alle einzelne Spielebenen, alle Level, durchspielen."

„So ist es Johannes, und sehr oft kann es passieren, dass man gar nicht so viele, also alle Spielebeben erreicht, weil man das Spiel schon ganz im Anfang verloren hat, vielleicht schon beim ersten oder beim zweiten Level."

„Genau Jakob, und da will ich jetzt einmal ansetzen. Es gibt doch bei einem solchem Spiel jemand, der das Spiel spielen, beziehungsweise, das Spiel gewinnen will? Auf der anderen Seite gibt es da einen

Menschen, manches Mal ist es auch ein ganzes Team, aber sagen wir, da gibt es einen Menschen, der das Spiel geschrieben oder programmiert, oder wie man so etwas nennen mag. Um dass das Game wirklich gut werden kann, muss ja dieser Mensch in die einzelnen Level gelangen, ohne dass er das Spiel von Ebene Eins aus startet, sich dann vier oder fünf Stunden durch sein eigenes Spiel quält, bis er an dem Punkt ist, den er vielleicht heute neu überarbeiten will. Er muss nicht vorher seine Gegner besiegen, nein, es macht Klack, und er ist an dem Punkt wo er hinwill, oder wie siehst du das?"

„Johannes, das sehe ich genauso, alles andere würde ja keinen Sinn machen. Durch ein Passwort geschützten Zugang, kann so ein Programmierer einfach alles machen, was er nur will."

„Schön Jakob, dass wir uns wieder einmal einig sind. Wir hatten ja schon festgestellt gehabt, dass Gott viel mehr kann, als wie das ein Mensch je könnte, oder je dazu im Stande sein wird. Vergleichen wir die Welt einmal mit einem Computerspiel. Wenn schon ein einfacher Mensch, für sich selbst die Funktion vorsieht, alles machen zu können, was außer ihm kein anderer Mensch je können wird, dann wird doch Gott nicht hinter einem einfachen Menschen zurückbleiben, oder wie siehst du das?"

Jetzt war Jakob erst einmal Still, er ließ das, was ihm sein Freund Johannes gesagt hatte, auf sich wirken, dann meinte er: „Du machst auch immer wieder, aus ganz großen Dingen ganz einfache und überschaubare Sachen. Wenn ich dir so zuhöre, dann muss ich dir einfach Recht geben. Wie wir schon festgestellt haben, so ist Gott allmächtig, und das bedeutet aber auch, alles was Menschen können, das kann er schon lange und er kann es viel besser. Aber du hast auch Recht mit deinem Vergleich mit einem Computerprogramm. Sind das nicht alles vorprogrammierte Prozesse, die in der Welt ablaufen. Auch die Eizelle einer Frau, die entsteht doch dadurch, dass ein bestimmter Prozess ablaufen tut. Bei der Samenzelle des Mannes ist es genauso. Und nur weil es solche Prozesse gibt, weiß unsere Ärzteschaft, was sie bei welchem Problem ihren Patienten verabreichen soll, damit die vorgesehenen Prozesse wieder normal ablaufen können."

„Und Jakob, bist du noch immer überzeugt davon, dass Gott, mit einer Jungfrauengeburt überfordert ist?"

„Mit Sicherheit nicht. Jetzt klingt das für mich auf einmal alles so logisch, ich verstehe mich selbst nicht mehr, dass ich jemals an der Jungfrauengeburt gezweifelt hatte."

„Das freut mich natürlich."

„Aber bevor wir einen neuen Termin aussuchen, bitte ich dich, sei doch so lieb und spreche ein Gebet für uns."

Das machte Johannes natürlich wieder gerne:

6

Allmächtiger und ewiger Gott,

die Welt in der wir leben,

die besteht aus so vielen einzelnen, kleinen und großen, Prozesse.

Prozesse die ablaufen müssen, damit die Natur im Einklang bleibt.

Durch unsere Dummheit und auch durch unser Verhalten,

weil wir vor so vielen Dingen einfach die Augen verschließen,

bringen wir Dinge in Unordnung,

die schon sehr lange gut funktioniert haben.

Großer Gott,

bitte stehe den Menschen bei,

die in dieser Welt eine große Verantwortung tragen.

Sei das jetzt eine Verantwortung in der Politik, in der Wirtschaft,

oder sonst wo, wo verantwortliches Handeln gefragt ist,

und wo falsche Entscheidungen, einen riesigen Schaden auslösen können.

Um das Schlimmste zu verhindern, greife doch bitte als der,

der die Welt erschaffen hat, ein

und als der, der die Prozesse in der Natur lenkt,

und heile was kaum noch zu retten ist.

Amen

# # #

Nach diesem Gebet legten beide Freunde eine Schweigeminute ein, danach war ein neuer Termin schnell gefunden.

7

Ein Spiegel, der gleichzeitig vier verschiedene Spiegelbilder anzeigt?

Die Zeit verging wie im Handumdrehen, und schon saßen die zwei Freunde wieder im Wohnzimmer von Johannes, bei einer Tasse Kaffee. Johannes ergriff das Wort: „Heute geht es um den vierten Artikel des Glaubensbekenntnisses, welches lautet:

Gelitten unter Pontius Pilatus,

Gestorben und Begraben.

Mein lieber Jakob, fällt dir dazu etwas ein, oder möchtest du etwas dazu sagen, auch wenn du eine Frage hast, dann nur raus damit. Wir sind hier unter uns, es hört uns ja niemand zu."

„Ja, wenn du mich so fragen tust, Johannes, dann habe ich da schon etwas, was mir auf dem Herzen liegt."

„Nur immer heraus damit. Man kann schließlich jede Sache von unterschiedlichen Standpunkten her sehen. Bitte lass mich an deinem Standpunkt Anteil haben. Vorher möchte ich noch etwas zu den unterschiedlichsten Standpunkten sagen. Zuerst einmal eine Frage: Hast du schon einmal wirklich bewusst in einen Spiegel hineingesehen? Ich meine nicht, hineinzusehen um dich selbst zu betrachten. Ich meine, hast du schon einmal in einen Spiegel gesehen, um dir den Raum, in dem du gerade dich befindest, dir einmal von einem ganz anderen Punkt aus anzusehen?"

„Johannes, wenn du mich so fragen tust, dann kann ich dir diese Frage gar nicht wirklich oder ehrlich beantworten. Ein Spiegel ist doch ein Spiegel, oft hängt er an der Wand, wie man auch ein Bild an der Wand aufhängt."

„Ja, mein lieber Jakob, ein Spiegel den hängt man oft an die Wand, wie man ein Bild auch an die Wand hängt. Es kommt sogar vor, dass man, anstatt eines Bildes, ein Spiegel an die Wand hängt."

„Das meine ich doch Johannes."

„Jetzt nehmen wir einmal an, wir haben ein Wohnzimmer, in dem gleichmäßig verteilt, sich vier Personen aufhalten. Jetzt nehmen wir weiter an, dass an der einen Wand, des Zimmers, ein großes Bild hängen würde. Nun gehen wir weiter davon aus, dass alle vier Personen, sich gleichzeitig, dieses Bild ansehen würden, dann würden doch alle vier Leute, doch das gleiche Bild sehen. Sagen wir einmal, da ist ein Haus abgebildet und vor dem Haus steht ein Baum. Das würden doch alle vier Personen sehen, keiner der Vier würde etwas anders sehen, das ist doch so?

Würde nicht jeder, das Haus mit dem Baum davor, sehen?"

„Ich weiß jetzt nicht worauf du hinauswillst, Johannes. Auch ich sage, alle vier Personen sehen genau das Gleiche, ein Haus mit einem Baum davor."

„Nehmen wir jetzt einfach einmal an, eine weitere Person käme nun in den Raum, in das Wohnzimmer und würde das große Bild durch einen gleichgroßen Spiegel ersetzen, und gleich darauf wieder das Zimmer verlassen. Mein lieber Jakob, wenn wir jetzt weiter annehmen, dass die vier Personen, die schon die ganze Zeit in dem Raum waren, noch immer an der Stelle stehen würden, wo sie schon vorher gestanden hatten, bevor das Bild gegen den Spiegel ausgetauscht wurde. Was würdest du nun sagen Jakob, sehen diese Vier dasselbe Spiegelbild, in dem Spiegel? Wenn sie jetzt anstatt das Bild, die Spieglung des Spiegels, sich ansehen würden?"

„Das ist eine schwere Frage Johannes. Lass mich einmal einen Moment nachdenken." Jakob stand vom Sessel auf, auf dem er gesessen hatte. Johannes hatte wirklich ein

Bild an der Wand hängen. Jakob stellte sich an vier verschiedenen Stellen vor das Bild und schaute sich, von diesen unterschiedlichen Standpunkten, das Bild an. Dann schüttelte er den Kopf, ging zurück zu seinem Sessel und setzte sich wieder, er schaute Johannes an und meinte: „Bei einem Bild sind wir uns einig, alle vier Personen sehen das gleiche Bild, das ist wie ein Fernsehgerät, wenn das läuft, dann sehen alle Leute, die in dem Raum anwesend sind, denselben Film. Mit dem Spiegel ist das eine ganz andere Sache, jede der vier Personen, sieht ein anderes Spiegelbild."

„Genauso ist es, Jakob. Wir können in unserem angenommenen Fall sagen: Der Spiegel zeigt, in diesem von uns angenommenen Fall, vier unterschiedliche Bilder gleichzeitig an."

„Johannes, du tust mich immer wieder aufs Neue überraschen."

„Ich wollte dir nur Zeigen, wenn man im Leben unterschiedliche Standpunkte einnimmt, dann hat man auch oft eine unterschiedliche Wahrnehmung."

„Das ist dir sehr eindrucksvoll gelungen."

„Das freut mich natürlich, aber jetzt sage mir erst einmal, was dir bei unserem heutigen Thema, auf dem Herzen liegt."

„Vielleicht hältst du mich für dumm, oder du hältst mich für neunmalklug, aber ich sage, da ist etwas, was mich stören tut."

„Nur raus mit der Sprache, Jakob, sag einfach was dir da fehlen tut."

„Ich sage dir was mir fehlt. Wir sind doch schön an dem Glaubensbekenntnis drangeblieben, Stück für Stück?"

„So ist es gewesen."

„Nun Johannes, entweder geht es zu schnell, für meine geringe Auffassungsgabe, oder aber es fehlt in der Tat etwas. Etwas was eigentlich sehr wichtig ist."

„Jakob, jetzt machst du mich aber neugierig, ich wollte dich unterrichten, aber im Moment sieht es so aus, als wenn du mich unterrichten wolltest."

„Ich sage es frei heraus, bei unserem letzten Treffen war das Thema:

Empfangen durch den Heiligen Geist,

Geboren von der Jungfrau Maria.“

„Ja, das stimmt Jakob.“

„Und heute haben wir das Thema:

Gelitten unter Pontius Pilatus,

Gekreuzigt, Gestorben und Begraben.“

„Ja genau Jakob, das ist genau die Abfolge im Glaubensbekenntnis.“

„Johannes, du musst das so sehen: Seit wir diesen Glaubenskurs machen, habe ich mir das ganze Neue Testament, in der Bibel, durchgelesen. Nun könnte man sich selbst die Frage stellen, wenn man nur dieses Glaubensbekenntnis kennen würde: Hat Jesus umsonst gelebt? Man könnte auch fragen: Hat Jesus überhaupt gelebt?“

„Aber Jakob, wie kommst du denn auf so eine Idee?“

„Mein lieber Johannes, das kann ich dir genau sagen: Das letzte Mal ging es darum, dass Jesus gezeugt und geboren wurde, und im nächsten Satz des Glaubensbekenntnisses, leidet Jesus schon unter dem Statthalter Pontius Pilatus. Er wird gekreuzigt, er stirbt und er wird begraben. Wenn man ohne jede Vorkenntnis und dazu noch etwas naiv, sich diesen Text anhört oder durchliest, dann wäre es nicht ausgeschlossen, dass Pilatus, dies mit Jesus gemacht hätte, wie dieser noch ein Baby war. Man könnte aber auch sagen, Jesus hatte ganz unauffällig gelebt und ist keinem Menschen aufgefallen, weder in positiver noch in negativer Weise. Johannes verstehst du was ich meine?"

„Ich muss sagen, Jakob, du hast da vollkommen Recht. Leute wie ich, die ihr Leben lang schon das Glaubensbekenntnis kennen, denen fällt es wirklich nicht auf, dass da, zwischen dem dritten und dem vierten Artikel, gar nichts steht. Ich sage es mal so, wir alten Hasen sind da etwas betriebsblind. Wir kennen die Lebensgeschichte von unserem Heiland, von unserem Herrn Jesus Christus. Wenn wir das Glaubensbekenntnis sprechen, dann ist das im Allgemeinem im Gottesdienst. Kurz vor dem Glaubensbekenntnis hören wir eine Stelle aus dem Evangelium. Oft ist es einfach so, die Stelle, die du da als leer bezeichnest, die füllt sich bei mir von ganz alleine, weil oft dann das, was ich im Evangelium gehört habe, sich da ganz von selbst hinein spiegelt."

„Aha, Johannes, da ist wieder dein berühmter Spiegel. Du schaust also in das Glaubensbekenntnis hinein, wie in einen Spiegel und dein Standpunkt ist das Evangelium, welches du wenige Augenblicke vorher gehört hast. Um mal auf unsere letzte Sitzung zurückzugreifen, ich möchte ich etwas erreichen, was wir da schon besprochen hatten."

„Wir besprechen immer viel, lieber Jakob."

„Ich möchte auf dein Level kommen, ohne noch einmal vierzig Jahre, Sonntag für Sonntag, in die Kirche zu gehen."

„Was schlägst du vor?"

„Du suchst uns nun eine Stelle im Evangelium aus, die liest du dann vor, aber eine Stelle die so schön Anzeigt, warum man Jesus zu Pontius Pilatus gebracht hatte."

Johannes überlegte einen Moment, dann fiel ihm eine passende Stelle, im Lukasevangelium, ein. Er nahm die Bibel, die auf den kleinen Tisch lag. Er schlug das Evangelium von Lukas auf, suchte nach dem achtzehnten Kapitel und las die Verse neun bis vierzehn, seinem Freund vor.

(Lk. 18. 9-14) Einigen, die von ihrer eigenen Gerechtigkeit überzeugt waren und die anderen verachteten, erzählte Jesus dieses Beispiel:

Zwei Männer gingen zum Tempel hinauf, um zu beten: der eine war ein Pharisäer, der andere ein Zöllner. Der Pharisäer stellte sich hin und sprach leise dieses Gebet: Gott, ich danke dir, dass ich nicht wie die anderen Menschen bin, die Räuber, Betrüger, Ehebrecher oder auch wie dieser Zöllner dort. Ich faste zweimal in der Woche und gebe dem Tempel den zehnten Teil meines ganzen Einkommens. Der Zöllner aber blieb ganz hinten stehen und wagte nicht einmal, seine Augen zum Himmel zu erheben, sondern schlug sich an die Brust und betete: Gott, sei mir Sünder gnädig!

Ich sage euch: Dieser kehrte als Gerechter nach Hause zurück, der andere nicht. Denn wer sich selbst erhöht, wird erniedrigt, wer sich aber selbst erniedrigt, wird erhöht werden.

Als Johannes geendet hatte, bat ihn Jakob, ob er die Stelle noch einmal vorlesen könnte, denn so ein Beispiel, wie es hier Jesus Christus erzählte, das könne man schon mehr als nur einmal sich anhören, denn beim zweiten Mal würde man viel tiefer in die Materie eintauchen. Johannes ließ sich nicht lange bitten und las diese Stelle noch einmal vor.

Jakob meinte: „Wenn ich das richtig verstanden habe, dann stehen in dieser Erzählung zwei Männer im Mittelpunkt. Nun drehen sich hier Eigenschaften, die diese zwei Menschen, die in das Gotteshaus gegangen sind, ins Gegenteil um.

Man könnte sagen, hier wird alles von links nach rechts gewendet."

„Und wie meinst du das genau, Jakob?"

„Nehmen wir hier mal den Pharisäer. Wenn man sich das anhört, was er so alles tut, um Gott zu gefallen, ich kann da nur sagen, Hut ab, vor solch einem Menschen. Schon allein das Fasten, das ist sowieso kein Ding für mich. Der Pharisäer macht das auch noch jede Woche, und dann auch zweimal pro Woche. Wenn man vor solch einem Menschen keinen Respekt haben soll, ja dann weiß ich auch nicht weiter."

„Ja, Jakob, du hast das schon richtig gesehen, aber leider stimmt das, was du da über den Pharisäer sagst, nur zum Teil."

„Also Johannes, jetzt mach aber keine Dinge mit mir. Das was der Pharisäer macht, das ist doch sehr vorbildlich. Und hat der Pharisäer nicht auch mit dem Recht, was er über den Zöllner sagt. Waren die Zöllner nicht die Menschen, die Sachen machten, was man nicht machen sollte? Sie haben doch gerne den Leuten mehr Geld abgenommen, als wie es die Vorschriften vorsahen. Und ihnen war es auch egal, wieviel Leid sie über so manche Familie brachten. Einige mussten wegen solcher Zöllner leiden, sie und ihre Familien. Es ist doch schlimm, wenn man nicht weiß, was man den eigenen Kindern zu Essen geben soll, weil man an der Zollstation so ausgeplündert wurde. Zollstationen gab es doch viel zu viele in Israel, zurzeit als Jesus dort gelebt hatte."

„Jakob, im Prinzip gebe ich dir ja Recht. Wir müssen aber auch lernen, zu unterscheiden. Wenn nämlich Jesus uns etwas erzählt, dann ist da immer ein tieferer Sinn, der in dieser bestimmten Begegnung steckt."

„Vielleicht hast du ja Recht, Johannes. Wenn ich aber ein Unrecht mitbekomme, dann will und kann ich nicht einfach wegschauen, auch wenn das Unrecht schon vor zweitausend Jahren geschehen ist."

„Das ist eine Sache, die mir ja so an dir Gefallen tut. Konzentrieren wir uns jetzt nur auf das, was ich hier vorgelesen habe. Hier geht es nur um diese zwei Personen. Es geht hier nicht darum, was andere Pharisäer, damals, so getan haben. Es geht auch nicht darum, was andere Zöllner so im Allgemeinem getan haben. Es geht ausschließlich um diese zwei Personen. Nehmen wir einmal den Pharisäer, meint denn dieser Mensch, dass Gott nicht wüsste was er getan, oder was er nicht getan hatte. Man muss es nicht tun und man soll es auch nicht tun, sich vor Gott zu loben, für all das Gute, was man so den ganzen Tag macht. Gott weiß es nämlich ganz genau. Es ist nur so, dass das was im Verborgenem passiert, dies so ja keiner mitbekommen tut. Also einmal als Beispiel: Wenn du Jakob, aus welchem Grund auch immer, heute auf dein Frühstück verzichtest, dann bist du doch der Einzigste Mensch, der davon Kenntnis hat, nur wenn du es jedem, der dir begegnet, dies erzählen tust, dann wissen es auf einmal viele Leute. Einige werden dich dafür vielleicht bewundern, und dich für etwas ganz Besonderes halten. Wenn du also ursprünglich für Gott gefastet hast, aber es dir als sehr wichtig erscheint, dass du dafür von den Menschen, die in deinem Umfeld leben, gelobt wirst, dann tust du sehr bald nicht mehr für Gott, dieses Opfer darbringen. Du bringst das Opfer nun für die Menschen dar, damit du deine Streicheleinheiten einstecken darfst."

„So habe ich das noch nicht gesehen, Johannes. Du meinst, der Pharisäer, in dieser Erzählung, der geht in erster Linie in das Gotteshaus, um sich selbst vor Gott zu rühmen?"

„Genauso ist es. Kein Mensch ist den ganzen Tag nur gut. Kein Mensch macht von morgens bis abends fehlerfrei alles richtig, das geht einfach nicht. Und den Zöllner, in dieser Erzählung, von dem der Pharisäer nur weiß, dass er ein Zöllner ist, aber nicht weiß, was dieser hier in dem Gotteshaus wirklich will, diesem Menschen macht er vor Gott schlecht. Ich muss sagen, leider haben Menschen, bis zum heutigen Tag, mit solchen Dingen, dass sie andere grundlos schlecht machen, oft großem Erfolg."

„Du hast Recht, Johannes. Der Pharisäer hätte sich ja auch für den Zöllner, in seinem Gebet zu Gott, einsetzen können, aber nein er haut mit der Keule einfach noch einmal, auf den Zöllner, obendrauf."

„Jakob, leider ist so etwas bis heute, an vielen Orten dieser Welt, an der Tagesordnung."

„Jetzt möchte ich dich, Johannes, fragen: Warum hast du diese Stelle, aus dem Evangelium, ausgesucht?"

„Das kann ich dir genau sagen. Du wolltest ja wissen, was Jesus getan hatte. Jesus ist auf die Leute zugegangen und hat ihnen, mit den Sachen, die er ihnen erzählte, einen Spiegel vor das Gesicht gehalten."

„Du hast es aber heute mit deinem Spiegel."

„Wenn Jesus zu den Menschen sprach, dann waren auch immer alle möglichen Leute anwesend. Hier in diesem Fall waren, mit Sicherheit, Pharisäer da und es waren Leute vor Ort, die den Pharisäern nahestanden. Genauso war es mit den Zöllnern, da waren, mit Sicherheit, einige dabei gewesen und auch Menschen die den Zöllnern nahestanden, vielleicht Familienangehörige, deren Ernährer ein Zöllner war."

„Johannes, dann kann ich mir gut vorstellen, dass Pharisäer diese Erzählung nicht so gerne gehört hatten. Sie wollten doch die Vorbilder der Nation sein, und auf einmal werden sie, von ihrem selbst errichteten Sockel, gestoßen."

„Genau so war es gewesen. Menschen die gemeint haben, dass Gott gar keine andere Wahl haben könnte, als sie in das Himmelreich zu holen, die mussten erkennen, dass es auch für sie noch ein langer Weg war, bis zum ewigen Leben. Aber auf der anderen Seite haben Menschen erkennen können, die für sich selbst schon gesehen hatten, dass es für sie kein Weg gäbe, der sie zum ewigen Leben führen könnte, dass doch noch nicht alles vorbei und entschieden sei. Auch diesen Menschen ist das Reich Gottes noch nicht verschlossen."

„Und so kommen wir zum heutigen Artikel von Glaubensbekenntnis. Die Menschen, die in Israel, aus religiöser Sicht, das Sagen hatten, die haben Angst bekommen, sie könnten ihre Machtstellung verlieren. Wenn nun auch schon die Zöllner in den Himmel durften, dann würde der Abstand zu diesem Zöllner sich verringern. Also haben sie beschlossen, dieser Jesus muss weg und sie haben Jesus dem Pontius Pilatus übergeben, damit dieser ihre Machtprobleme lösen könne. So ist Jesus gekreuzigt worden, er ist gestorben und er ist begraben worden."

„Also Jakob, besser hätte ich es auch nicht sagen können."

Zum Abschluss, dieser Kurseinheit, nachdem man einen neuen Termin gefunden hatte, bat Jakob wieder zum Abschluss darum, dass Johannes ein Gebet sprechen solle. Johannes kam dieser Bitte, wie immer, sehr gerne nach.

7

Allmächtiger Gott,

sehr oft gehen auch wir, in unserem Leben, davon aus,

dass bei uns selbst, alles in bester Ordnung sei.

Genauso oft gehen wir in unserem Leben davon aus,

dass die Probleme dieser Welt,

eigentlich von anderen Menschen verursacht werden,

aber niemals von uns.

Ich gehe davon aus,

dass das Eine wie das Andere,

immer nur zum Teil stimmen tut.

Herr und Gott,

sei doch so gut und halte uns

gelegentlich einen Spiegel vor unseren Augen,

der uns die volle und ungeschminkte Wahrheit zeigt.

Lass uns so erkennen, wo wir in unserem Leben,

bestimmte Dinge richtig machen,

und lass uns erkennen,

wo wir dringend eine andere Richtung einschlagen sollten.

Guter Gott,

bitte lass uns nicht allein,

denn ohne dich können wir nur in die Irre gehen.

Amen.

# # #

8

Und was hat er dort gemacht?

Und schon wieder waren die zwei Freunde, bei Johannes im Wohnzimmer, zusammen, um den nächsten Teil ihres Glaubenskurses durchzunehmen. Jakob meinte: „So viel ich mich erinnern kann, hatten wir bis jetzt vier Artikel des Glaubensbekenntnisses durchgenommen. Heute müsste dann der fünfte Artikel auf der Tagesordnung stehen."

„Genauso ist es, mein lieber Jakob. Heute kommt der fünfte Artikel dran, ich darf ihn gleich einmal zitieren: **Hinabgestiegen in das Reich des Todes, am dritten Tag auferstanden von den Toten.**"

„Ja, Johannes, noch vor kurzer Zeit, da hätte ich noch gesagt, das ist irgendwie alles Quatsch was da in diesem Glaubensbekenntnis steht, aber mittlerweile bin ich schon auf einem anderen Pfad, den ich da, in Sachen Glauben, entlangwandere."

„Das freut mich wirklich. Zunächst möchte ich dich fragen, ob dir spontan zu dem fünften Artikel etwas einfällt?"

„Weißt du was, Johannes? Ich tue einfach so, als wenn ich noch nicht soweit wäre, wie ich zum Glück, durch deine Hilfe, gekommen bin. Ich tue einfach so, als wenn ich dies zum ersten Mal hören würde. Und wenn ich dieses Glaubensbekenntnis zum ersten Mal hören würde, dann würde ich auch eine Frage stellen, die vom blinden Glauben nicht viel erahnen ließ."

„Dann bin ich aber mal gespannt über deine Frage. Ich hoffe nur, dass ich eine passende Antwort, auf deine Frage habe. Du musst nämlich wissen, dass ich mich schon sehr lange mit meinem Glauben und so auch mit meiner Religion beschäftige, aber eines bin ich niemals geworden, nämlich allwissend. Das war auch niemals mein Bestreben gewesen. Gott bleibt, obwohl er sich schon so oft den Menschen offenbart hat, dennoch ein großes Geheimnis. Es gibt vieles, was wir niemals mit unserem Verstand begreifen können, und da können wir studieren, soviel wir auch nur wollen, mehr als nur ein wenig von der Oberfläche, können niemals ergründen. Aus diesem Grund wird es auch immer Fragen geben, die vergebens ihre Antworten suchen."

„Das hast du aber schön gesagt, Johannes. Jetzt wage ich es kaum noch meine Frage zu stellen. Es ist durchaus möglich, dass du jetzt sagst: Ich würde die diese Frage gerne beantworten, aber der Inhalt deiner Frage, liegt schon etwas unter Oberfläche, und da habe ich keinen Zugang."

„Jakob, ich würde aber dennoch dich bitten, dass du deine Frage stellst. Wenn es so sein sollte, wie du es vermutest, dann wollen wir gemeinsam sehen, ob wir eine Antwort finden, die deiner Frage gerecht wird."

„Ich danke dir Johannes. Ich werde jetzt meine Frage stellen: Wieso hatte Jesus dies getan? Ich meine diesen Teil, wo es heißt: Hinabgestiegen in das Reich des Todes. Ich meine, wenn man in der Bibel sich die ganzen Evangelien ansehen tut, ich meine hier schwerpunktmäßig, was Jesus durchmachen musste, zuerst seine Verhaftung, dann ging es mit Verhören weiter. Man hatte Jesus sogar zum König Herodes gebracht. Die ganzen falschen Anschuldigungen, dazu die ganzen Beleidigungen, man darf auch nicht vergessen, dass Jesus auch noch ausgepeitscht wurde, und um ihn zu verhöhnen hatte man ihn einen Mantel umgelegt, ihm dazu eine Krone mit Dornen auf den Kopf gesetzt, dann hatte man ihn lächerlich gemacht, und die Peiniger haben vor ihm herumgekaspert, also so getan als wenn er jetzt ein weltlicher König sei. Und als wenn dies noch nicht alles mehr als genug gewesen wäre, dann musste er auch noch sein eigenes Kreuz zu der Hinrichtungsstelle tragen, dabei haben ihn die Kräfte verlassen, er ist unterwegs zusammengebrochen. Und zum Schluss, dieser bestialische Tod am Kreuz. Wenn ich nur daran denke, dann kommen mir gleich die Tränen. Aber jetzt möchte ich diese Frage noch einmal stellen: Warum ist Jesus hinabgestiegen in das Reich des Totes?"

„Ja, Jakob, du hast wirklich in aller Deutlichkeit gerade geschliddert, was vor den Tod mit Jesu geschehen ist, und da wundert es dich, dass er gestorben ist?"

„Nein, ich wundere mich nicht, dass er gestorben ist. Mich wundert nur, dass dasteht: Hinabgestiegen in das Reich des Todes. Johannes ich will dir sagen was mich hier beschäftigt. Wenn ich diese Aussage ins ganz normale Menschliche übertrage, dann klingt das doch so: als wenn ich jetzt sagen würde, mein Arbeitskollege Heinz ist gestern in den Keller hinabgestiegen. Dann würdest du doch gleich mir die Frage stellen: Und was hat er da gemacht?"

„Du hast recht, Jakob, diese Frage würde ich dir stellen."

„Siehst du nun, wo ich mit meinen Gedanken hinmöchte? Ich frage mich: Hat Jesus nicht schon genug gelitten? Hat er nicht das Recht, sich erst einmal drei Tage so richtig auszuruhen? Aber wie es hier im Glaubensbekenntnis formuliert ist, da hört es sich nicht nach ausruhen an. Wie siehst du das? Was hat Jesus in diesen drei Tagen gemacht, das wäre jetzt das Thema, über das ich gerne mit dir reden möchte."

„Jakob, du erstaunst mich immer mehr. Das Verständnis, welches du für den Christlichen Glauben entwickelt hast, ist ja fast weiter vorangeschritten, als wie das bei mir der Fall ist. Wie ich schon einmal erwähnt habe, da ist das bei unser eins, die wir von Kindesbeinen an, in der Kirche verwurzelt sind so, dass man viele Dinge, wie zum Beispiel das Glaubensbekenntnis, als selbstverständlich hinnimmt, und über den Inhalt sich nicht so wirklich Gedanken macht, weil ja alles so klar und so logisch erscheint.

Man kennt sich eben in der Bibel aus und denkt sich, das passt doch alles so, wie es in hier in diesem Glaubensbekenntnis formuliert ist."

„Ja Johannes, das kann ich gut nachvollziehen. Wenn aber jetzt ein erwachsener Mensch, so wie ich, sich das erste Mal mit solchen Sachen beschäftigt, dann hat er schnell das Gefühl, dass das Glaubensbekenntnis viel zu große Sprünge macht, und einem Neuling, wie ich einer bin, immer wieder in eine dunkle Grube plumpsen lässt, wo einem der Gedanke kommen kann, da muss es doch noch mehr geben."

„Jakob, ich gebe dir damit schon recht. Aber so ein Bekenntnis, kann in jedem Fall nur eine Kurzfassung sein. Wäre es anders, dann wäre dieses Glaubensbekenntnis ebenso umfangreich wie die Bibel selbst. Ich brauche dir nicht zu sagen, wie viele Seiten die Bibel hat."

„So gesehen hast du natürlich recht, Johannes. Ich denke mir, nachdem wir hier etwas Licht hereingebracht haben, da können wir uns unserem eigentlichen Thema von heute zuwenden. Die Frage die ich gestellt habe war: Was hat Jesus getan, in der Zeit, zwischen seinem Tod und seiner Auferstehung?"

Damit war Johannes einverstanden. Er schlug vor, dass er eine Stelle aus der Bibel vorlesen wollte, die sich genau mit diesem Thema beschäftigt. Johannes nahm die Bibel, die wie immer, auf dem kleinen Wohnzimmertisch, lag. Johannes schlug den Ersten Petrusbrief auf und las im dritten Kapitel die Verse achtzehn bis neunzehn vor.

(1 Petr. 3.18-19) Denn auch Christus ist der Sünden wegen, ein einziges Mal gestorben, er, der Gerechte, für die Ungerechten, um euch zu Gott hinzuführen: dem Fleisch nach wurde er getötet, dem Geist nach lebendig gemacht. So ist er auch zu den Geistern gegangen die im Gefängnis waren, und hat ihnen gepredigt.

Er klappte das Heilige Buch wieder zu und legte es zurück auf den Tisch, schaute seinen

Freund Jakob an und wartete, dass er sich zu dieser biblischen Lesung äußerte.

Jakob meinte: „Also, wenn ich ehrlich bin, dann muss ich zugeben, dass ich mich in der letzten Zeit viel mit der Bibel beschäftigt habe. Ich habe sie mit dem Schwerpunkt auf die Evangelien gelesen. Bei den Petrusbriefen war ich bis jetzt noch nicht angelangt. Aber ich gehe davon aus, dass der Heilige Petrus weiß, was es da schreibt. Wir wollen ja heute darüber reden, was Jesus getan hat, nachdem er herabgestiegen war, in das Reich des Todes."

„Genauso ist es, mein lieber Jakob."

„Wenn ich mir den Heiligen Petrus anhöre, dann hört es sich so an, als wenn unsere Verstorbenen, in eine Art Gefängnis sitzen würden. Müssen wir vielleicht davon ausgehen, dass alle unsere verstobenen Geschwister in der Hölle sind?"

„Also, ich denke Jakob, dass ich dich hier beruhigen kann. Eine Hölle ist das nicht, wovon das Glaubensbekenntnis spricht."

„Aber es wundert mich schon, dass da Jesus im Reich der Toten gepredigt hatte, geht das überhaupt? Ich meine, wo doch diese Menschen verstorben sind."

„Einen Moment bitte.", sagte Johannes und nahm noch einmal die Bibel in die Hand, und las im Markus Evangelium, vom zwölften Kapitel die Verse sechsundzwanzig bis siebenundzwanzig, vor.

(Mk. 12.26-27) Dass aber die Toten auferstehen, habt ihr das nicht im Buch des Moses gelesen, in der Geschichte vom Dornbusch, in der Gott zu Mose spricht: Ich bin der Gott Abrahams, der Gott Isaaks und der Gott Jakobs? Er ist doch nicht ein Gott von Toten, sondern von Lebenden. Ihr irrt euch sehr.

Dann schaute er Jakob an und meinte: „Hast du verstanden was da geschrieben steht?"

„Ja, das habe ich. Gott ist kein Gott der Toten, er ist der Gott der Lebenden. Das heißt, wenn ich es richtig verstanden habe, dass man in den Augen Gottes gar nicht sterben kann. Man kann zwar seinen eigenen, ich sage es einmal so, man kann seinen Zustand so ändern, dass man für andere Menschen tot ist, aber für Gott, nach wie vor, lebendig ist."

„Genau so ist das, Jakob. Und weil der Mensch sich dann in einen Zwischenzustand befindet, spricht der Apostel Petrus von einer Gefangenschaft."

„Aber diesen Zwischenzustand, der kann nicht die Hölle sein. In der Bibel steht ja auch etwas von der Hölle und von dem Teufel."

„Über den Teufel und über die Hölle, kann ich dir nur so viel sagen, dass dieses Reich des Todes, welches im Glaubensbekenntnis vorkommt, hier auf keinen Fall gemeint ist."

„Wie kannst du dir da so sicher sein, Johannes?"

„Ich sage dir nur eins, da wo Jesus Christus ist, da geht der Teufel nicht freiwillig hin."

„Wie kannst du dir da so sicher sein?"

Johannes machte eine Handbewegung, die so viel wie, bitte Abwarten, heißen sollte. Er nahm erneut das Heilige Buch vom Tisch und schlug das Evangelium nach Matthäus auf, und las im achten Kapitel die Verse achtundzwanzig bis neunundzwanzig vor.

(Mt. 8.28-29) Als Jesus an das andere Ufer kam, in das Gebiet von Gadara, liefen ihm aus den Grabhöhlen zwei Besessene entgegen. Sie waren so gefährlich, dass niemand den Weg benutzen konnte, der dort vorbeiführte. Sofort begannen sie zu schreien: Was haben wir mit dir zu tun, Sohn Gottes? Bist du hergekommen, um uns schon vor der Zeit zu quälen?

Jakob hörte staunend zu, dann meinte er: „Das ist ja was ganz Neues für mich. Ich dachte immer, der Teufel und seine unreinen und bösen Geister, die ihm zu Diensten sind, die sind unsterblich und die können sich alles erlauben."

„Ja, mein lieber Jakob, das Denken wohl viele, auch die unreinen Geister haben sich wohl gedacht, dass sie alles machen dürfen, was auch immer sie wollen. Wie du aber gehört hast, gibt es auch für sie eine Zeit, wo mit ihnen Abgerechnet wird. Für diese bösen

Geister, ist das kein Zeitpunkt, auf den sie sich freuen. Dann werden diese Geister zur Rechenschaft gezogen und ihr Chef, der Teufel, der muss dann auch Rechenschaft ablegen. Das ist auch der Grund dafür, warum er sich an Orten nicht blicken lässt, wo er damit rechnen muss, dass Jesus Christus, auf einen Sprung, vorbeikommt."

„Das ist ja sehr interessant, Johannes. Dann ist Jesus also in das Reich der Toten gegangen, um den armen Seelen, die Frohe Botschaft vom Reich Gottes zu bringen."

„Genau so war das, Jakob. Und weil Zeit für Gott eine ganz andere Bedeutung hat, als sie das für uns Menschen hat, so weiß der Teufel auch nicht wann Jesus im Reich des Totes auftaucht. Denn eines solltest du noch wissen. Es gibt bis zum heutigen Tag, noch immer Menschen die eigentlich nichts oder nicht viel, vom Dreifaltigen Gott wissen. Und wenn diese Menschen dann in diesem Zwischenlager angekommen sind, die das Glaubensbekenntnis, das Reich des Todes nennt, dann wird auch Jesus immer mal wieder vorbeikommen, denn auch diese Menschen möchte er retten."

Jakob schaute auf seine Uhr und meinte: „Das ist schon sehr viel, was wir heute durchgenommen haben. Für mich wird es Zeit, ich muss morgens immer sehr früh aufstehen."

Johannes war damit einverstanden, denn auch er musste immer sehr früh zur Arbeit gehen. Die zwei Freunde machten noch einen neuen Termin aus, für ihre nächst Zusammenkunft. Natürlich ließ Johannes es sich nicht nehmen, auch dieses Mal wieder ein Gebet zu sprechen:

8

Allmächtiger und Ewiger Gott,

dein Sohn ist nach seinem Tod am Kreuz,

zu den Seelen der verstorbenen Menschen hinabgestiegen.

Er hat ihnen die Frohe Botschaft vom Reich Gottes verkündet.

Ich denke mir,

dass er auch vielen die Sünden vergeben und verziehen hat.

Guter Gott,

bitte schicke Jesus auch zu unseren Verstobenen,

unseren Verwandten,

und zu den Menschen die uns einmal nahegestanden haben.

Wir wissen, kein Mensch kann eigentlich leben,

ohne dass er immer mal wieder eine kleine oder große Sünde begeht.

Bitte lass Jesus, ihnen einen Bruder sein,

der sie liebt und ihnen die Sünden verzeiht.

Amen

# # #

Als Johannes das Gebet beendet hatte, da standen dem Jakob, die Tränen in den

Augen, denn er hatte einige Bekannte und Verwandte gehabt, die schon im Reich des Todes waren, und von denen er ziemlich genau wusste, dass viele von ihnen nicht wenige Sünden begannen hatten.

9

Bei Dingen, die man nicht selbst überprüfen kann, ist man auf andere Quellen angewiesen!

Ein paar Tage waren vergangen, und die zwei Freunde -Johannes und Jakob- hatten sich wieder getroffen, um den nächsten Teil ihres Glaubenskurses abzuarbeiten. Natürlich hatten sie sich wieder bei Johannes getroffen. Jakob hatte nämlich gesagt, als sie das letzte Mal einen Termin ausgemacht hatten: „Also ich kann mir gar nicht vorstellen, dass wir uns dazu an einem anderen Ort treffen könnten. Ich weiß zwar, dass Gott überall gegenwärtig ist, aber ich habe das Gefühl, dass er mir, während des

Glaubenskurses, hier irgendwie näher ist. Ich weiß auch nicht woran das liegen könnte."

Darauf hatte ihm Johannes geantwortet: „Ich denke mir, dass du dich Gott hier näher verbunden fühlst, weil wir mit dem Glaubenskurs auch hier begonnen hatten. So hattest du auch hier, in diesem Zimmer, deine ersten und persönlichen Annäherungen an Gott, und so etwas prägt einem einfach. Dieser Ort hier, ist für dich, ähnlich wie eine Kirche, ein Raum geworden, der dir einfach etwas heiliger vorkommt, als jeder anderer Ort auf der Welt."

Jakob, der sich bis jetzt noch nicht darüber wirklich Gedanken gemacht hatte, warum er lieber, im Wohnzimmer von Johannes, als irgendwo anders, den Glaubenskurs fortsetzen wollte, meinte dann, dass Johannes wohl den Nagel genau auf den Kopf getroffen hatte. Jakob wurde sich wieder einmal bewusst, dass es Dinge gibt, von denen man alles weiß, aber dennoch diese Dinge nicht in die richtigen Worte einpacken kann. Erst wenn ein anderer darüber berichten tut, dann weiß man ganz genau, der Andere hat das, was man selbst fühlt, in die richtigen Worte eingebettet.

Johannes hatte wieder eine Kanne Kaffee gekocht, er schenkte beide Tassen voll. Nachdem er die Kanne auf den kleinen Tisch abgestellt hatte, meinte er: „So, mein lieber Jakob, nun kommen wir heute an den sechsten Artikel des Glaubensbekenntnisses und dieser Artikel Lautet:

Aufgefahren in den Himmel: er sitzt zur Rechten Gottes des Allmächtigen Vaters.“

Johannes sah seinen Freund an und meinte: „Fällt dir, auf die Schnelle, etwas dazu ein.“

„Weißt du Johannes, als wir diesen Kurs begonnen hatten, und du mir gleich diesen sechsten Artikel vorgetragen hättest, dann hätte ich dir gesagt, dass ich das nicht Glaube. Vielleicht hätte ich auch gesagt, dass ich nur das Glaube was ich sehe.“

„Jakob, mit dieser Aussage bist du noch nicht einmal so weit weg, von dem was ein großer Anteil der Bevölkerung auch sagt, wenn es um Glaubensfragen geht oder wenn es einfach um Gott geht.“

„Aber sei doch einmal ehrlich, Johannes, es ist ja auch nicht so einfach, an etwas zu glauben, was man nicht sehen, also mit den eigenen Sinnesorganen nicht wahrnehmen kann. Bei Dingen, die man nicht selbst überprüfen kann, ist man auf andere Quellen angewiesen, die einem die Wahrheit vermitteln sollen oder müssen."

„Da gebe ich dir ja auch recht, mein lieber Jakob. Bei Quellen, die man nicht selbst überprüfen kann, ist man dann darauf angewiesen, dass man Quellen hat, die zuverlässig sind. Und so eine zuverlässige Quelle, ist unsere Heilige Schrift, unsere Bibel."

„Aber wenn man da auch ganz kritisch hiterfragen tut, dann könnte man doch auch die Frage stellen: Warum sollte gerade die Bibel, die Wahrheit für sich gepachtet haben?"

„Das kann ich dir sagen, Jakob. Im Allgemeinem heißt es doch so, und in der Bibel steht es auch so geschrieben, dass die Aussage von einem Menschen allein nicht wirklich ausreicht. Erst die Aussage von zwei oder mehr Personen, kommen einer ernstzunehmende Wahrheit immer näher, bis zum Schluss jeder Zweifel aus dem Weg geräumt ist, gerade wenn es um Zeugen geht, die sich niemals begegnet sind. Denn dann ist die Wahrscheinlichkeit, dass sie sich abgesprochen haben, bei null."

„Aber die Bibel ist doch auch nur ein einziges Buch, und somit auch nur ein einziger Zeuge, oder irre ich mich da?"

„Du irrst dich nicht, wenn du sagst, dass die Bibel nur ein einziges Buch ist. Aber du irrst dich, wenn du sagen würdest, dass die Bibel nur das Glaubenszeugnis von einem einzigen Menschen widerspiegeln würde. Bis die Bibel diesen Umfang erhielt, den sie heute hat, da mussten erst viele Menschen ihr Glaubenszeugnis ablegen. Du hast doch schon einen großen Teil der Bibel durchgelesen?"

„Das habe ich, Johannes."

„Da ist dir zum Beispiel auch aufgefallen, dass das Neue Testament damit beginnt, dass viermal hinter einander ein Evangelium abgedruckt ist?"

„Du hast Recht, Johannes. Ich hatte mich auch schon gewundert gehabt, was dies zu bedeuten habe. Ich konnte mir aber noch gar keinen Reim daraus machen."

„Ich kann dir sagen, warum das so ist. Hier hast du es mit vier verschiedenen Leuten zu tun, die ein Zeugnis darüber ablegen, wer dieser Jesus ist, wie er gelebt hatte, was er Besonderes getan hatte, wie er sich von anderen Menschen unterschied und wie er gestorben ist; wie das mit seiner Auferstehung, von den Toten, war. Auch wie das mit seiner Himmelfahrt war."

„So gesehen, hast du natürlich Recht, Johannes. Es ist viermal die Geschichte von und mit Jesus beschrieben, aber jedes Mal etwas aus einem anderen Blickwinkel."

„Genau so ist das, Jakob. Es ist wie bei allen Zeugen, auf der ganzen Welt. Jeder hat eine andere Wahrnehmung, für jeden ist ein anderer Punkt wichtig, aber die Gesamtzahl der Zeugen geben den vollen Umfang einer Wahrheit wieder. Jakob, das mit den Zeugen musst du dir ungefähr so vorstellen: Nehmen wir einmal an, im Kino läuft ein neuer Film, den du dir gerne ansehen wolltest, aber dein Terminkalender hat dir noch nicht erlaubt, ins Kino zu gehen. Jetzt hast du aber ein paar gute Bekannte, die diesen Film schon gesehen haben, und die wollen dir nun unbedingt den Inhalt, die Handlung von dem

Film erzählen. Wenn dir einer von diesem Film erzählt, dann bist du schon gut informiert. Wenn dir später ein anderer Bekannter, noch einmal von diesem Film erzählt, dann wirst du bemerken, dass der zweite Erzähler, dir Vorkommnisse erzählen tut, die der Erste nicht wirklich erwähnt hat. Aber das Bild, das sich aus den zwei Erzählungen ergibt, spiegelt ein recht umfangreiches Bild wider, was gut zeigt, was an dem Film wichtig war. Erzählt dir dann, eine dritte oder sogar eine vierte Person, noch einmal den Inhalt des Filmes, dann lassen diese vier Erzählungen, kaum noch dunkle Ecken offen. Zum Schluss hast du das Gefühl, du hättest den Film selbst gesehen."

„Da gebe ich dir Recht, Johannes, denn genau das habe ich vor einigen Wochen erlebt, zum Schluss bin ich dann doch noch selbst ins Kino gegangen. Was soll ich dir sagen, ich hatte das Gefühl als wenn ich diesen Film schon einmal gesehen hätte."

„Das ist genau das was ich dir sagen möchte, Jakob. Wenn du die Bibel liest, dann hast du bald das Gefühl, als wenn du selbst mit Jesus zusammengetroffen bist. Um dir noch einmal zu verdeutlichen, wie ich das meine, was ich dir gesagt habe, lese ich dir im zweiten Brief des Petrus, im ersten Kapitel den Vers sechszehn vor:

(2Petr 1.6) Denn wir sind nicht irgendwelchen klug ausgedachten Geschichten gefolgt, als wir euch die machtvolle Auskunft Jesus Christus, unseres Herrn, verkündeten, sondern wir waren Augenzeugen seiner Macht und Größe.“

„Johannes, wenn ich das höre, dann wird mir so ganz anders, dann läuft es mir kalt den Rücken herunter. Hier spricht der Apostel Petrus zu uns. Er spricht zu uns, als einer der ganz genau weiß, wovon er spricht. Er kann ohne Scham davon sprechen, denn er war ein Zeuge, ein Augenzeuge.“

„Genauso ist es, er sagt auch gleich, dass er nicht von Geschichten berichtete, die sich jemand ganz klug ausgedacht hätte. Nein er bezeugt, dass das was er in seinem Brief niederschreibt, die volle Wahrheit ist.“

„Johannes, das glaube ich gerne, ich sage mal, wenn ein Betrüger, sich eine Geschichte ausdenkt, dann geht es doch immer darum, dass man etwas tun oder machen soll, damit eine bestimmte Person, eine bestimmte Gruppe, Reichtümer oder irdische Macht erlangt. Aber wenn man sich an das hält, was uns die Heilige Schrift lehren tut, dann tut man die Not der wirklich Bedürftigen lindern, aber auf gar keinen Fall, tut man reiche Menschen noch reicher machen, genauso wenig tut man mächtige Menschen noch mächtiger machen. Es geht in dem Bild darum, dass der Mensch Dinge tun soll, die Gott Gefallen. Und Gott ist nicht mit Geld zu kaufen oder zu bestechen, noch kann man Gott mit irgendeiner Sache erpressen."

„Ja, das hast du gut beobachtet, Jakob. Gott spricht: Der Himmel ist mein Thron und die Erde ist der Schemel für meine Füße. Gott fragt auch danach, was das für Dinge wären, die man ihm Schenken könnte, denn so sagt Gott, dass ihm ja schon alles gehören würde."

„Eigentlich ist das schon ein eigenartiger Gedanke, dass man ja nichts wirklich besitzt, weil es schon einen Besitzer hat. Bei so einem Hintergrund, sollte man vielleicht, über den Begriff -Eigentum- noch einmal ganz neu nachdenken."

„Das ist auch wichtig, denn alle Dinge unterliegen einem Prozess der Veränderung, nichts hat in der Welt wirklich bestand."

„Jakob, willst du damit was ganz Bestimmtes ansprechen oder andeuten?"

„Ja, Johannes, da wir von Eigentum sprechen und deren Veränderung. Nehmen wir einmal an, du hast lange dein Geld gespart, um dir ein ganz neues Auto zu kaufen. Was meinst du, wie lange du dieses Auto fahren kannst, ohne dass es sich verändern tut?"

„Jakob, ich weiß jetzt nicht so genau, worauf du hinauswillst."

„Tun wir einmal außenvor lassen, dass das Auto laufend betankt werden muss. Die Hersteller von Autos haben Intervalle entwickelt, wenn dann so ein Intervall abgelaufen ist, dann muss das Auto, zur Inspektion, in die Autowerkstatt."

„Ja, Jakob, das kenne ich, das ist eine nicht so billige Angelegenheit."

„Ich weiß, Johannes, aber holst du denselben Wagen, von der Werkstatt ab, den du auch hingebracht hast?"

„Ich denke schon, warum soll er ein anderer geworden sein?"

„Weil zum Beispiel das Öl im Motor ausgetauscht wurde und weil die Belege deiner Bremse erneuert wurden, so hat sich dein Eigentum, ein Stück weit verändert, aber was passiert, wenn du nicht in die Werkstatt fährst, dann versagen irgendwann die Bremsanlage, auch der Motor kommt mit verbrauchtem Öl nicht zurecht, und er geht dann bald kaputt. Du siehst Johannes, was auch immer du machst, der Wagen Verändert sich. Genauso ist es mit einem Haus, pflegst du ein Haus nicht, dann geht Stück für Stück, an ihm etwas kaputt. Pflegst du aber ein Haus, dann bekommt es mal einen neuen Anstrich. Leitungen, seien das jetzt Trinkwasser-, Abwasser-, Strom- oder Gasleitungen, müssen nach einer gewissen Zeit repariert oder ersetzt werden. Wie alle Dinge in der Welt, so verändert sich auch ein Haus, ob es nun gepflegt wird oder auch nicht, nach einer gewissen Zeit, ist es einfach nicht mehr das Haus, welches es am Anfang war."

„Da hast du Recht, Jakob. Eigentum und Besitz, das sind Dinge, die man nicht wirklich für immer besitzen kann. Die Welt dreht sich und sie verändert sich, so tun auch wir uns verändern, wir werden älter, jeden Tag ein wenig. Alles was wir besitzen, das verändert sich mit uns."

„So ist das Johannes. Wenn du dir alte Fotos anschaust, von der Stadt, in der du lebst, dann wirst du wenige markante Stellen wiedererkennen, alles andere hat sich stark oder sogar total verändert."

„Da gebe ich dir neidlos Recht. Alles verändert sich, nur Gott verändert sich nicht. Ihm kann weder die Zeit etwas anhaben, noch ein Schneesturm, auch keine klirrende Kälte, noch eine brennende Hitze in einem Rekordsommer."

„Nun sollten wir wieder zu unserem eigentlichen Thema zurückkommen, oder was denkst du Johannes?

Damit war Johannes natürlich einverstanden, er las auch den sechsten Artikel des Glaubensbekenntnisses noch einmal vor, der da lautet:

Aufgefahren in den Himmel: er sitzt zur Rechten Gottes des Allmächtigen Vaters.

Dann meinte Johannes: „Es wird wohl das Beste sein, wenn ich zuerst wieder etwas aus der Bibel vorlese."

Jakob meinte: „Ja, mach das mal, auf diese Weise werden wir selbst zu Zeugen, die in der Nähe der biblischen Ereignisse stehen, und praktisch alles, irgendwie, selbst miterleben können."

Johannes nahm die Bibel, die wie immer auf dem kleinen Wohnzimmertisch lag, der zwischen ihnen stand. Er schlug die Apostelgeschichte auf und las vom ersten Kapitel, die Verse sechs bis elf vor:

(Apg 1.6-11) Als sie nun beisammen waren, fragten sie ihn: Herr, stellst du in dieser Zeit das Reich für Israel wieder her? Er sagte zu ihnen: Euch steht es nicht zu, Zeiten und Fristen zu erfahren, die der Vater in seiner Macht festgesetzt hat. Aber ihr werdet die Kraft des Heiligen Geistes empfangen, der auf euch herankommen wird; und ihr werdet meine Zeugen sein in Jerusalem und in ganz Judäa und Samarien und bis an die Grenzen der Erde.

Als er das gesagt hatte, wurde er vor ihren Augen emporgehoben, und eine Wolke nahm ihn auf und entzog ihn ihren Blicken. Während sie unverwandt ihm nach zum Himmel emporschauten, standen plötzlich zwei Männer in weißen Gewändern bei ihnen und sagten: Ihr Männer von Galiläa, was steht ihr da und schaut zum Himmel empor? Dieser Jesus, der von euch ging und in den Himmel aufgenommen wurde, wird ebenso wieder kommen, wie ihr ihn habt zum Himmel hingehen sehen.

Dann legte Johannes die Bibel wieder zurück. Er schaute Jakob an und meinte. „Hast du hierzu Fragen, oder Anregungen, oder fällt die dazu etwas ganz spontan ein?

Jakob meinte: „Ich kann mich eigentlich nur wiederholen, was ich schon einmal gesagt habe: Am Anfang von unserem Glaubenskurses, da hätte ich das alles für eine nette Geschichte, für ein schönes Märchen gehalten, aber zu dieser Haltung kann ich nicht mehr stehen. Jesus ist für mich real geworden. Und wie du schon weiter vorne in unserem Kurs gesagt hattest, dass für Gott der Begriff Zeit, eine ganz andere Bedeutung hat, als wie das Wort Zeit bei uns Menschen eine Wichtigkeit besitzt. Wenn man sich ernsthaft mit der Bibel beschäftigt, dann geht man mit dem Dreifaltigen Gott auf eine Zeitreise. Eine Zeitreise, in der man immer in der Gegenwart bleibt. Ich meine damit: Man verschwindet nicht irgendwo in der Vergangenheit, in eine Zeit die schon seit einige tausend Jahre vergangen ist. Ich empfinde das so, dass Gott mit dem, was er in der Vergangenheit hat geschehen lassen, es gerade wieder ganz neu geschehen lässt, nur sind wir dieses Mal ganz persönlich dabei. So habe ich eben nicht dich gehört, als eine Person die den Text vorliest, ich habe Jesus höchst persönlich gehört. Auch hatte ich das Gefühl gehabt, dass ich bei der Himmelfahrt, von Jesus Christus, als Zeuge dabeigestanden habe. Auch die zwei Männer, die plötzlich vor den Jüngern, den Aposteln standen, waren für mich ganz real geworden. Ich denke mir, es gibt hier nicht mehr allzu viel dazu zu sagen. Jesus hatte das, was er auf Erden erreichen wollte, vollbracht, nun erwarten ihn neue Aufgaben, die er an der rechten Seite Gottes, seines Vaters tun muss. Es klingt schon das

Pfingstfest an, wo ja der Heilige Geist auf die Apostel niederkommt, und das wird so beschrieben, als wenn der Heilige Geist, in einer Form die an brennenden Feuerzungen erinnerte, von oben herabgekommen wäre. Ich denke mir das wird eine von vielen Aufgaben gewesen sein, die Jesus an der rechten Seite Gottes, seines Allmächtigen Vaters erfüllt hat."

„Also Jakob, du überrascht mich immer wieder aufs Neue. Ich glaube, es gibt nicht mehr viel, was ich dir beibringen könnte, aber dafür, so glaube ich, kannst du mir eine Menge beibringen. Dieses Pfingstereignis, welches du eben beschrieben hast, das geschieht, seit dieser Zeit ständig aufs Neue. Immer wenn ein Mensch das Sakrament der Firmung gespendet bekommt. Aber dass der Heilige so sichtbar, wie es in der Apostelgeschichte beschrieben wird, auf die Menschen herabkommt, das passiert doch eher selten. Gott ist ein Gott, der keinen Lärm macht und der nicht viel Aufsehen erregt. Aus diesem Grund sagt Jesus auch zu einem reichen Prasser, der sich Sorgen um seine Verwandtschaft macht: Deine Verwandten haben doch Mose und sie haben doch auch die Propheten. Jesus meint damit: Was ein Mensch von Gott wissen muss, das steht doch in der Heiligen Schrift, also in der Bibel."

Jakob meinte, dass das ein schönes Schlusswort sei. Die zwei Freunde machten gleich einen neuen Termin aus, an dem sie ihren Glaubenskurs fortsetzen wollten. Johannes erklärte sich auch dieses Mal wieder dazu bereit, zum Abschluss dieses Kursteiles, ein Gebet zu sprechen.

9

Heiliger und Allmächtiger Gott,

wir wissen, du lässt uns Menschen niemals allein.

Auch wenn wir deine Gegenwart nicht immer wirklich spüren,

so bist du dennoch immer gegenwärtig.

Leider kommen wir Menschen,

voll von unseren Alltagssorgen,

gar nicht auf die Idee,

dass du uns ein Teil unsere Last ständig abnimmst.

Du hast den Heiligen Geist,

wie ein Samenkorn in uns eingepflanzt.

So ein Samenkorn kann unter Umständen,

viele Jahre unverändert ruhen.

Aber dann kommt der Tag,

da wird dieses Samenkorn, aus seinem Tiefschlaf erweckt.

Das Samenkorn fängt an zu keimen und zu wachsen,

und nach einer gewissen Zeit,

steht es als prächtige Pflanze, im Garten unseres Lebens.

Herr Jesus Christus,

bitte lass die Saat, die in uns hineingelegt ist, niemals verdorren, sondern lass sie zu einer Pflanze heranwachsen,

die dem Dreifaltigen Gott gefallen tut.

Amen.

# # #

10

Die Gnade unseres Herrn Jesus Christus ist unermesslich!

Erneut treffen sich Johannes und Jakob, zu ihrem Glaubenskurs. Nachdem sie erst einmal eine Tasse Kaffee getrunken hatten, meinte Johannes: „So, mein lieber Jakob, dann wollen wir in unserem Glaubenskurs fortfahren. Heute wollen wir uns den Artikel mit der Nummer Sieben, unseres Glaubensbekenntnisses genauer ansehen. Dieser Artikel lautet: **Von dort wird er kommen, zu richten die Lebenden und die Toten.**"

Dem Jakob brannte schon die erste Frage auf der Seele: „Wird Jesus so wiederkommen, wie er bei seiner ersten Ankunft, auf die Erde kam?"

Johannes schüttelte den Kopf. „Nein, denn Jesus kam bei seiner ersten Ankunft, in Niedrigkeit, auf die Erde. Er wurde, genauso wie alle Menschen, als Baby geboren. Er brauchte die Liebe und die Zuneigung seiner Eltern. Die Eltern mussten ihn mit all den Dingen versorgen, die ein neugeborenes benötigt. Hätten seine Eltern ihm dies nicht geben können, dann wäre Jesus gestorben. Dann kam da noch die Angst des Königs, des Herodes dazu, der befürchtete, dass seine Regentschaft, mit der Geburt von Jesus, zu Ende gehen würde. Aus diesem Grund hatte er viele Kinder, deren Zahl keiner je gezählt hatte, töten lassen, in der Hoffnung, es wird das richtige Kind schon dabei gewesen sein. Man kann und will sich gar nicht ausmalen, was das für die Eltern der Kinder bedeutet hatte. Jesus musste, kaum dass er auf der Welt war, mit seinen Eltern, in ein anderes Land flüchten. Also wie Jesus das erste Mal auf die Erde kam, da war sein Leben stark gefährdet, er hätte schnell sterben können."

„Und das wird sich nicht wiederholen, wenn Jesus wiederkommt?", wollte Jakob wissen.

„Das wird sich, in dieser Form nicht wiederholen. Das erste Mal kam Jesus, als neugeborenes Baby, zu uns auf die Erde. Bei seiner erneuten Ankunft, da kommt Jesus, unser Herr, in Herrlichkeit. Jesus kommt nicht als schutzloses Baby, er kommt als König, er ist der Herr, und nichts kann ihn etwas abhaben, er ist der Herr über alles, im Himmel und auf Erden. Ein großes Heer von Engel wir ihn bekleiden. Ich werde dir dazu, aus dem ersten Brief vorlesen, den der Heilige Paulus an die Thessalonicher geschrieben hatte, im vierten Kapitel werde ich dir die erste Hälfte vom Vers sechzehn vorlesen." Johannes nahm die Bibel, die auf dem kleinen Wohnzimmertisch lag und las die betreffende Stelle vor:

(Thess 4.1a) Denn der Herr selbst wird vom Himmel herabkommen, wenn der Befehl ergeht, der Erzengel ruft und die Posaune Gottes erschallt.

„Dank deiner Hilfe, Johannes, habe ich ein Bild vor den Augen, das mir genau zeigt, was in dem Apostelbrief geschrieben steht. Ich mache mir da so meine Gedanken, und da hänge ich ein wenig in der Luft?"

„Jakob, lass mich doch bitte Anteil an deine Gedanken haben."

„Ja, weißt du, der Artikel Sieben, vom Glaubensbekenntnis, der schlägt mir doch etwas auf den Magen, denn dort heißt es ja: **Von dort wird er kommen, zu richten die Lebenden und die Toten.**"

„Jakob, ich verstehe aber nicht, was dir so auf den Magen schlägt."

„Das kann ich dir sagen. Es ist schön, dass der Herr wieder kommt, aber mit dem Richten, also mit dem Gericht halten, das ist eine Sache, da müsste sich doch eigentlich jeder Mensch Sorgen machen. Es ist doch fast ein Ding der Unmöglichkeit, dass ein Mensch sein ganzes Leben lang, ohne eine einzige Sünde verbringt. Soviel ich weiß, da bedeutet Sünde doch Ungehorsamkeit Gott gegenüber. Und diese Ungehorsamkeit bedeutet, dass man die Gebote, die Anweisungen, die Wünsche Gottes, in irgendeiner Weise missachtet hat. Wer aber Gott gegenüber ungehorsam war, der kann dafür nicht belohnt werden, der muss doch in irgendeiner Form bestraft oder gemaßregelt werden, und davor habe ich ein nicht so gutes Gefühl."

„Da muss ich dir auf der einen Seite schon Recht geben, Jakob, aber du vergisst die Gnade und die Liebe. Unser Herr Jesus Christus, hat doch keine Freude, wie du es nennen tust, an einer Bestrafung."

„Leider kann ich hier nur in menschlichen Maßstäben rechnen. Wenn du sagst, Jesus lässt Gnade walten, dann ist die Frage berechtigt, lässt Jesus diese Gnade jedem einzelnen angedeihen, ohne jede Ausnahme?"

„Jakob, das ist eine Frage, die ist nicht so einfach zu beantworten."

„Das denke ich mir nämlich auch, Johannes, dass dies nicht so einfach zu beantworten ist. Nehmen wir einmal folgendes Beispiel an: Ein Mensch sieht das ganze Unrecht, das rings um ihn herum geschieht, und denkt sich: Wenn ich mich nur mit kleinen Gaunereien und Betrügereien abgebe, dann bin ich ja nicht so ein schlechter Mensch, wie es doch viele andere sind. Also macht dieser Mensch, bei einem Versicherungsfall, absichtlich falsche Angaben, und bekommt so einige Euros mehr ausgezahlt, als wie ihm eigentlich zustehen würden. Um sein Gewissen zu beruhigen, meint er: Versicherungen, das sind sowieso alles Betrüger, das könnte doch niemals eine Sünde sein, wenn ein Betrüger betrogen wird, das ist eher eine ausgleichende Gerechtigkeit. Bei der Steuererklärung macht es dieser Mensch genauso. Er besorgt sich falsche Rechnungen und reicht diese ein. Und so verlebt dieser Mensch seine Zeit auf Erden, und richtet einen großen finanziellen Schaden an. Zwar richtet er diesen Schaden nicht auf einmal an, aber so Stückchen für Stückchen, und das auf viele Jahre verteilt. Wenn Jesus mit diesem Menschen Nachsicht zeigt, wie geht dann Jesus mit einem Menschen um, der sich den gleichen Betrag illegal angehäuft hat, aber auf einmal, weil er, beispielsweise, einen bewaffneten Überfall begangen hat. Es mag viele Sünden geben, die man durchaus unbewusst begehen kann, aus Nachlässigkeit oder aus Faulheit. Alle werden jeden Eid schwören, dass das was sie gemacht haben, nur kleine Fische sind, Jesus sollte sich lieber um die richtigen Verbrecher kümmern.

Verstehst du Johannes, wo mein Problem liegt? Die Frage die ich mir stelle, ist die: Kann oder soll man die Gnade unseres Herrn Jesus Christus fest einplanen, in sein Leben. So wie man dies von einem Punktekatalog für Autofahrer her kennt, wo jeder eine gewisse Anzahl von Minuspunkten, pro Jahr, frei hat und so die Gnadenbereitschaft von Jesus ausrechnen kann. Ich sage das einmal so, zwanzig Punkte sind pro Jahr erlaubt, jetzt hat einer achtzehn Punkte schon zusammen, er hat aber noch eine Sünde geplant, die ihm fünf Punkte einbringen würden, also sagt er zu sich: Wir haben ja bald Januar und da kann ich mir so etwas wieder erlauben, also verschiebe ich meine beabsichtigte Straftat oder Sünde auf das nächste Jahr, den nächsten Monat."

„Also Jakob, so habe ich das eigentlich niemals gesehen. Aber es ist schon möglich, dass eine Sünde aus Nachlässigkeit, anders behandelt wird, als eine bewusste Tat. Jakob ich kann es dir nicht wirklich sagen, ob oder wann da ein Unterschied gemacht wird. Irdische Gerichte machen da schon einen

Unterschied, Nehmen wir einmal folgenden Fall an: Ein Auto steht an einer roten Ampel, nach kurzer Zeit fährt ein zweiter Wagen, dem an der roten Ampel wartenten, hinten drauf.

Nehmen wir jetzt zwei Möglichkeiten an.

Fall A: Der Fahrer des zweiten Wagens war abgelenkt, weil er mit seinem Smartphone beschäftigt war.

Fall B: Der Fahrer des zweiten Wagens fährt mit voller Absicht auf den an der Ampel stehenden drauf, um einen Versicherungsbetrug zu begehen.

Dann kann ich mir denken, irdische Gerichte brummen dem Smartphone-Fummler eine kleinere Strafe auf, als dem Versicherungsbetrüger, weil der Versicherungsbetrüger die Tat in voller Absicht begannen hatte."

„Johannes, das war ein schönes Beispiel, aber dem Fahrer des vorderen Wagens kann es doch fast egal sein, er selbst hatte alles richtig gemacht und sein Wagen ist kaputt, möglicher Weise bekommt er von der Versicherung, nicht genug Geld, um sich einen gleichwertigen Wagen wieder zu besorgen, weil sein Auto für ihn persönlich wertvoller war, als wie die Versicherung das sieht, die ja mit Listen arbeitet, wo der Zeitwert, der verschiedenen Fahrzeuge, abgedruckt ist. Im schlimmsten Fall, hatte er, der Geschädigte, gerade zweitausend Euro Werkstattkosten, in das Auto gesteckt und die Versicherung sagt ihm, das Auto ist keine fünfzehnhundert Euro wert."

„Ja, dieser Fall wäre echt ärgerlich, aber es sind halt nur irdische Dinge und irdische Gerichte, beide Unfallverursacher haben etwas Unrechtes getan, und der entstandene Schade ist, in jedem Fall, derselbe, mit ein wenig Pech, kann es bei so einem Unfall auch Verletzte oder sogar Tode geben."

„Johannes, die Gnade, die verstehe ich so: Wenn man seine Taten bereut, wenn man weiß, dass man was falsch gemacht hat, wenn man versucht, einen Schaden den man verursacht hat, wieder gut zu machen, dann kann ich mir das mit der Gnade gut vorstellen, aber wir reden im Glaubensbekenntnis vom Jüngsten Tag, da ist alles gelaufen, da kann man nichts mehr wieder gut machen. Dann ist das so ähnlich, wie in der Schule, wo man eine Arbeit schreibt. Solange man die Arbeit noch auf seinem Tisch liegen hat, solange kann man das, was falsch ist, noch in Ordnung bringen. Wenn die Arbeiten eingesammelt sind und man hat den Klassenraum verlassen, dann kann man an der Note, mit der diese Arbeit bewertet wird, nichts mehr ändern."

„Jakob, ich verstehe was du sagen willst, und du hast ja auch Recht damit, aber nur nach menschlichem Ermessen. Die Gnade unseres Herrn Jesus Christus ist unermesslich groß. Wir können sie in unser Leben nicht mithinein planen, diese Rechnung ging niemals auf. Aber da wir wissen, dass Zeit für Gott, eine ganz andere Dimension hat, als für Menschen, da können wir auch nicht sagen, wieviel Zeit, Jesus dem armen Sünder gibt, am jüngsten Tag, um seine Taten aufrichtig zu bereuen."

„Johannes, da muss ich dir wieder recht geben. Gerade mit den unbewussten Sünden, das ist doch ein breites Feld. Viele Menschen begehen doch schon eine ganze Reihe von Sünden, indem sie ihren Beruf ausüben. Nehmen wir mal an, ein

Unternehmen entlässt, aus Betriebsbedingten-Gründen, Mitarbeiter. Dann kann ein anderer immer hergehen und sagen, das war zu diesem Zeitpunkt nicht nötig gewesen oder die Hälfte hätten auch gereicht.

Ich will damit sagen, wenn ein Mensch, die Interessen einer Firma höherstellt, als die Interessen von Menschen, dann kann er sich schnell mal versündigen. Sehr schnell hat man mehr Menschen arbeitslos gemacht, als es unbedingt hätte sein müssen. Da zieht ein großer Firmenchef mit einem kleinen Versicherungsbetrüger gleich, nach dem Motto, wenn schon, dann schon richtig. Johannes ich sage dir, dass ich froh bin, dass ich nicht für unseren Herrn Jesus solche Entscheidungen treffen muss, wem und aus welchem Grund, Gnade und Nachsicht, gewährt wird." Johannes fand, dass dies ein gutes Schlusswort sei, und nachdem sie einen neuen Termin vereinbart hatten, sprach Johannes zum Abschluss noch ein Gebet.

10

Gütiger und Ewiger Gott,

deine Weisheit und deine Güte kennen keine Grenzen.

Bitte stehe uns armen und schwachen Menschen bei,

die wir uns schnell zu einer Sünde verleiten lassen.

Lass bitte unseren Blick auf uns selbst gerichtet sein,

damit wir bei uns selbst erkennen,

wo wir Sünden vermeiden können.

Natürlich sehen wir und hören wir ständig von Menschen,

die mehr Sünden begehen als wir,

aber diese sollten nicht für uns der Maßstab sein,

nach dem wir uns richten.

Bitte lass uns immer wieder Menschen begegnen,

die ein Gottgefälliges Leben führen,

Diese sollten uns dann als Vorbilder dienen.

Amen

# # #

11

**Eine gewaltige Wolkensäule, die leuchtet
wie ein Lampion, wie eine riesige
Papierlaterne!**

Im Wohnzimmer von Johannes sich saßen
wieder die zwei Freunde gegenüber.
Johannes meinte: „Heute wollen wir über
den achten Artikel des
Glaubensbekenntnisses reden. Dieser Artikel
lautet: **Ich glaube an den Heiligen Geist.**"

Jakob ging einen Moment in sich. „Mit dem
Heiligen Geist, da habe ich so meine
Probleme."

Johannes war an den Problemen von Jakob
sehr interessiert. „Mein lieber Jakob, dann
lass mich doch bitte teilhaben, an deinen
Problemen, die du mit dem Heiligen Geist
hast."

„Ja, Johannes, wie soll ich es sagen, oder besser gesagt, wo soll ich da anfangen? Ich will es einmal so sagen: Ich arbeite, wie du ja weißt, in einer großen Abteilung, mit sehr vielen Kollegen und Kolleginnen. Nun wo so viele Menschen zusammenarbeiten, da geht es schon einmal drüber und drunter, wenn du verstehst was ich meine?"

„Ich sage dir schon, wenn du an eine Stelle kommst, wo ich dir nicht mehr folgen kann."

Also erzählte Jakob weiter: „In jedem Betrieb gibt es doch eine gewisse Ordnung, die man einhalten sollte, sonst funktioniert dann bald nichts mehr. Ich meine, es gibt bestimmte Spezialwerkzeuge, die einen festen Platz haben. Der Sinn der Sache ist der, wenn zum Beispiel der Mitarbeiter A ein bestimmtes Spezialwerkzeug benötigt, geht er dorthin wo dieses Werkzeug seinen festen Platz hat, wenn es nicht gerade von jemanden anderem gebraucht wird. Wie gesagt, der Mitarbeiter A holt sich das Werkzeug, er tut es aber, nachdem er dieses nicht mehr benötigt, nicht an seinem Platz zurück. Jetzt kommt die Mitarbeiterin B und sie sucht genau dieses Werkzeug, das A nicht zurückgelegt hatte. Nun beginnt eine große

Suchaktion, die nicht nur Nerven, sondern auch kostbare Zeit kostet. Wenn dann dieses Werkzeug gefunden wird, dann war es natürlich kein Mensch gewesen, der dafür die Verantwortung gehabt hätte, dass dieses Werkzeug nicht an seinem vorbestimmten Platz zurückgelegt wurde. Wenn sich dann der Chef eingemischt hatte, dann sagte dieser, und das nicht gerade in einem freundlichen Ton: Dann war das wohl wieder einmal der Heilige Geist. Johannes, verstehst du, was ich damit sagen möchte?"

„Jakob, ich verstehe schon, was du damit sagen willst: Der Heilige Geist steht dann, nach so einer Suchaktion, nicht für etwas Gutes, nicht für etwas Freundliches, sondern genau das Gegenteil ist der Fall."

„Genauso ist das. Solange ich mich zurückerinnern kann, da steht der Heilige Geist für etwas, das ich nicht für etwas Gutes und nicht was ich für etwas Erfreuliches halten kann."

„Jakob, so geht es aber vielen Menschen. Die meisten Menschen sind sich nicht darüber bewusst, dass der -Dreifaltige Gott- aus drei Personen besteht. Die drei Personen sind

Gott der Vater, Jesus Christus, der Sohn des Vaters, und die dritte Person ist der Heilige Geist."

„Mein lieber Johannes, wenn ich dich jetzt richtig verstanden habe, dann willst du mir erklären, dass es auf der einen Seite nur einen einzigen Gott gibt?"

„Genauso ist es, es gibt außer dem Dreifaltigen Gott, keinen anderen Gott."

„Aber Johannes, jetzt sagst du etwas von drei Personen. Wie können Drei Eins sein, oder wie Eins Drei sein?" Mit dem Vater, ja da komme ich zurecht. Mit Jesus Christus, ja da komme ich auch klar. Es war zwar ein langer Weg, aber mit dem Heiligen Geist, da liegt noch ein großes Stück Arbeit vor mir. Eher gesagt, vor dir, denn du musst das mir ja erklären."

„Das mache ich doch gerne, Jakob. Wenn du mit Gott dem Vater keine Probleme mehr hast, und du auch mit seinem Eingeborenen Sohn zurechtkommst, dann ist der Schritt zum Heiligen Geist, auch nicht all zu schwer. Der Heilige Geist, das ist die Kraft, die vom Vater und vom Sohn ausgeht, verstehst du mich?"

Jakob schüttelte den Kopf. „Beim besten Willen nicht, das musst du mir schon etwas genauer erklären."

Johannes dachte einen Augenblick nach, dann meinte er: „Jakob, du hast doch sicherlich schon einmal an einem Computer gesessen?"

„Welch eine Frage, natürlich sitze ich viel an einem Computer. Zuhause habe ich einen, aber auf der Arbeit, da muss ich jeden Tag und das sogar mehrmals, an den Computer. Ohne Rechner geht einfach nichts mehr. Man muss Protokolle, also Formulare ausfüllen, und die sind alle im Computersystem hinterlegt, diese muss ich aufrufen, ausfüllen und wieder abspeichern."

„Jakob, es ist jetzt vielleicht etwas weit hergeholt, aber wenn es als Bild, als Vergleich dir weiterhilft, dann ist es ja gut. Bei einem Computer arbeiten doch verschiedene Objekte zusammen? Und einige Dinge siehst du einfach nicht. Ich will es einmal so sagen: Es gibt Sachen, die kannst du sehen und anfassen, da gehören viele Komponenten dazu, ich will sie gar nicht alle aufzählen, aber da ist die Tastatur, die Maus, der Bildschirm, die CD-ROMs, die Computersticks und noch vieles mehr. Das sind alles Sachen, die kannst du sehen und die kannst du anfassen. Diese Teile nennt man, soviel ich weiß, Hardware. Und jetzt gibt es Teile, die kannst du nicht sehen, und die kannst du nicht anfassen. Das sind die Programme, die Software. Jetzt wirst du sagen, ich kann doch die Datenträger sehen, da gebe ich dir auch recht. Die Datenträger gehören ja auch zur Hardware. Ob aber auf dem Datenträger ein Programm, und wenn ja dann welches, aufgespielt ist, das kannst du nicht sehen. Der Speicher wird zwar mit Kilo und Megabyte angegeben, aber du persönlich merkst nicht, ob so ein Computerstick voll ist, oder ob er leer ist. Selbst mit einer Laborwaage, die X Stellen nach dem Komma anzeigt, kannst du nicht feststellen, ob der Datenspeicher, voll oder leer ist. Erst wenn du den Datenspeicher an einem Computer anschließt, dann siehst du, über deinen Bildschirm, was mit dem Speicher los ist: Sind Programme oder Dateien aufgespielt oder nicht? Du schaffst dies alleine niemals, du brauchst ein Hilfsmittel. Wir Christen haben auch ein

Hilfsmittel, und das ist die Heilige Schrift, die Bibel. Und die Bibel macht uns sichtbar, was eigentlich nicht sichtbar ist. Beim Computer gibt es sogenannte Ausgabegeräte, das ist zum Beispiel der Bildschirm oder der Drucker. Und Gott hat auch seine Ausgabegeräte, das sind die Propheten, die Evangelisten und auch die Apostel: Und die Verbindung zwischen Gott und den Menschen, die ich hier als Ausgabegeräte bezeichnet habe, ist der Heilige Geist."

„Also Johannes, das mit den Ausgabegeräten, Bildschirm und auch den Drucker, das ist schon etwas, womit ich einiges anfangen kann. Selbst vor einiger Zeit, als wir noch nicht, in diesen Glaubenskurs, eingestiegen waren, da hätten mir deine Vergleiche etwas gesagt. Es ist ja wirklich so, dass man einem Datenspeicher, nicht wirklich ansieht, wie weit sein Speicher schon gefüllt ist. Man sieht und hört erst einmal nichts, aber es ist dennoch etwas vorhanden. Wenn ich mir überlege, wie viele Bücher ich mir auf mein E-Book laden kann, ohne dass dieses E-Book auch nur ein einziges Gramm, an Gewicht, zulegen würde. Und wenn ich mir jetzt das

Bücherregal vorstelle, das ich bräuchte, um diese Bücher, in Papierform, einzulagern; Johannes, dein Vergleich ist wirklich nicht schlecht. Wenn man es von dieser Seite hersieht, da kann wohl kein Mensch behaupten, was er nicht mit seinen eigenen Sinnesorganen wahrnimmt, dass es dieses auch nicht gäbe."

„Das freut mich natürlich, Jakob, dass die Bilder, die ich zum Vergleich herangezogen habe, dir so viel sagen, und dir wirklich klarmachen: Es gibt wirklich Dinge, die ich nicht sehen kann, aber dennoch gibt es Beweise dafür, dass diese Objekte, in einer bestimmten Form existieren."

„Johannes du hattest gesagt, unser Hilfsmittel wäre die Heilige Schrift, könntest du mir da mal eine kleine Kostprobe geben. Nachdem ich dein Beispiel gehört habe, da hungert es mich danach, was uns die Bibel erzählt."

Johannes nahm die Bibel, die auf dem kleinen Wohnzimmertisch lag, schlug sie auf und las im Buch Exodus, im Kapitel dreizehn, die Verse zwanzig bis zweiundzwanzig, vor.

(Ex 13.20-22) Sie brachen von Sukkot auf und schlugen ihr Lager in Etam am Rand der Wüste auf. Der Herr zog vor ihnen her, bei Tag in einer Wolkensäule, um ihnen den Weg zu zeigen, bei Nacht in einer Feuersäule, um ihnen zu leuchten. So konnten sie Tag und Nacht unterwegs sein. Die Wolkensäule wich bei Tag nicht von der Spitze des Volkes und die Feuersäule nicht bei Nacht.

Jakob hörte sehr interessiert zu, und als die Lesung zu Ende war, meinte er: „Ich weiß nicht wie ich mir das vorstellen soll, aber vor meinem geistigen Auge sah ich so etwas, wie einen schlanken aber dafür sehr hohen Wirbelsturm, der vor dem Volk herzieht, ohne dass er den geringsten Schaden anrichtet. Ich stelle ihn mir so zehn bis zwanzig Meter im Durchmesser vor, und vom Boden geht er so sehr in die Höhe, dass man sein oberes Ende nicht mehr sehen kann, und das Ganze dreht sich ganz langsam um sich selbst, und zieht im Schritttempo vor dem Volk her. Und bei Nacht stelle ich mir diese gewaltige Wolkensäule so vor, dass sie leuchtet wie ein Lampion, ähnlich einer riesigen Papierlaterne, in der eine gewaltige Kerze brennt. Ich kann mir auch gut vorstellen, dass jeder Mensch, der nicht zum Volk Gottes gehörte, aber diese gewaltige Erscheinung erblickte, es mit der Angst zu tun bekam, und sich lieber nicht mit solchen Leuten anlegen wollte, die einen derartigen Begleiter bei sich hatten."

„Jakob, ich bin tief beeindruckt von den Bildern, die du hier aufzeichnest, man kann direkt diesen, in Form einer Säule, in sich selbst drehenden, Wirbelsturm sehen. Dein Vergleich mit einem Lampion, der nachts leuchtet, ich muss sagen, das ist sehr eindrucksvoll."

„Was mich halt interessieren würde, wäre: Was sagt eigentlich Jesus Christus, unser Herr, über den Heiligen Geist."

Johannes überlegte einen kurzen Moment, dann nahm er sich wieder die Bibel und las im Johannesevangelium, im Kapitel sieben, die Verse siebenunddreißig bis neununddreißig, vor.

(Joh 7.37-39) Am letzten Tag des Festes, dem großen Tag, stellte sich Jesus hin und rief: Wer Durst hat, komme zu mir, und es trinke, wer an mich glaubt. Wie die Schrift sagt: Aus seinem Inneren werden Ströme von lebendigem Wasser fließen. Damit meinte er den Geist, den alle empfangen sollten, die an ihn glauben; denn der Geist war noch nicht gegeben, weil Jesus noch nicht verherrlicht war.

Jakob hörte aufmerksam zu, er ließ die Worte einen Moment auf sich wirken und meinte dann: Johannes, kannst du mal versuchen, das in einem Bild zu beschreiben?"

„Ob mir das gelingen wird, das weiß ich nicht Jakob, aber ich werde es einmal probieren.

Den Heiligen Geist kann man vielleicht vergleichen mit einigen Liter Benzin, die in dem Tank von einem Auto, einem Motorrad oder auch im Tank von einem Rasenmäher ist. Irgendwann ist dieses Benzin in den Tank gelangt. Wenn wir jetzt aber das Auto, das Motorrad oder vielleicht auch den Rasenmäher einfach stehen lassen, dann passiert überhaupt nichts. Wenn man aber irgendwann einmal den Motor startet, dann kann das Benzin seine volle Kraft entwickeln. Man hat in Garagen schon Motorräder und auch Rasenmäher gefunden, die sehr viele Jahre dort standen, aber sprangen beim ersten oder zweiten oder dritten Versuch an, und das Benzin konnte seine ganze Kraft entwickeln. Das ist zwar nicht der beste Vergleich, aber so ähnlich musst du dir das, mit dem Heiligen Geist, vorstellen. Er kann sofort seine ganze Kraft entfesseln, oder erst nach vielen Jahren, oder aber auch, immer wieder in kleinen Portionen, nur ist der Unterschied zum Benzin: Der Heilige Geist braucht sich nicht auf, aber dennoch kann man immer mal wieder auftanken, ohne dass da was überlaufen würde. Und auftanken kann man bei einem Gebet oder beim Besuch eines Gottesdienstes, und nicht zu vergessen, beim Empfang der Sakramente, wie zum Beispiel der Taufe, der Firmung und der Heiligen Kommunion."

„Das hast du sehr schön gesagt, lass uns hier, an dieser Stelle, für heute Schluss machen. Ich denke mir, wir könnten dieses Thema noch ewig lange bearbeiten. Einen neuen Termin haben wir ja schon ausgemacht, wenn du jetzt noch ein Gebet sprechen könntest, das würde unsere Sitzung schön abrunden."

Natürlich war Johannes einverstanden und sprach noch dieses Gebet.

11

Herr Jesus Christus,

du Sohn des Allmächtigen Gottes.

Der Heilige Geist ist die Kraft,

die sowohl von dir,

wie auch von deinem Vater ausgeht.

Wo die Kraft Gottes zu finden ist,

 da ist auch immer Gott selbst zu finden.

Möge der Heilige Geist immer der Treibstoff sein,

der uns auf dem richtigen Weg führt,

damit wir ohne Stockungen,

der Gottgefälligen Straße folgen können,

und uns nichts Unrechtes aufhalten,

oder aus der Bahn werfen kann.

Amen

# # #

12

Die Welt, das All, alles besteht aus bunten Bausteinen, aus denen man ständig neue Sachen bauen kann!

Einige wenige Tage sind vergangen, und schon sitzen die Zwei Freunde -Johannes und Jakob- wieder zusammen, im Wohnzimmer von Johannes. Natürlich hatte Johannes wieder dafür gesorgt, dass genug frisch gekochter Kaffee bereit stand. Nachdem beide ihre erste Tasse mit heißem Kaffee getrunken hatten, meinte Jakob: „Mein lieber Johannes, wie lautet der Teil, des Glaubensbekenntnisses, über den wir heute sprechen wollen?"

„Ja, Jakob, wir sind schon beim neunten Artikel, des Glaubensbekenntnisses angekommen. Dieser Artikel lautet: **Ich glaube… die Heilige Katholische Kirche**."

„Das ist aber einmal ein ganz anderes Thema. Die ganze Zeit ging es doch eher um die Vergangenheit, oder um Allgemeines. Jetzt, so glaube ich, geht es doch um uns selbst:"

„Wie meinst du das Jakob?"

„Das kann ich dir sagen: Alles, oder zumindest, das Meiste, was wir bis jetzt von dem Glaubensbekenntnis durchgesprochen hatten, das waren doch Dinge die irgendwie in der Vergangenheit geschehen sind."

„Kannst du mal ein Beispiel nennen, Jakob, damit ich besser weiß, was genau du damit meinst?"

„Das tue ich doch gerne. Nehmen wir doch nur einmal Gott, den Allmächtigen: Er ist der Schöpfer des Himmels und der Erde."

„Und was meinst du damit? Es ist doch ganz klar, dass so ein Glaubensbekenntnis, mit dem beginnen muss, was im Anfang geschehen ist."

„Da gebe ich dir ja, voll und ganz, recht, Johannes. Aber wenn wir es ganz wissenschaftlich sehen wollen, dann ist unsere Erde schon einige Milliarden Jahre alt, also ist das etwas, was in der Vergangenheit passierte. Bis die Propheten auftraten, wie Abraham oder Mose, da war unsere Erde doch schon eine recht alte Kugel."

„Wenn man das so sieht, dann kann ich dir nur recht geben, Jakob. Aber was ist bei unserem heutigen Thema, dem Artikel Neun **-Ich glaube… die Heilige Katholische Kirche-** denn anders?"

„Das kann ich dir gerne sagen. Die Kirche mag vielleicht auch schon 2000 Jahre alt sein, aber dennoch ist sie jung und dynamisch, mit jeder Generation, die geboren wird, wird die Kirche um eine Generation jünger. Wir Menschen sind es, die die Kirche mit Leben aus- und auffüllen, und die Kirche ist immer ein Spiegel ihrer Zeit. Genau aus diesem Grund standen andere Schwerpunkte, im Mittelalter, im Brennpunkt der Kirche, als wie das heute der Fall ist."

„Jakob, du überraschst mich immer wieder aufs Neue."

Johannes wollte das, was Jakob gesagt hatte, nicht einfach so stehen lassen, er fügte ein neues Argument hinzu: „So ganz kann ich das aber nicht stehen lassen, mit der Erschaffung der Welt, dass dies ein schon lange abgeschlossener Prozess wäre. Wie dir mit Sicherheit die Fachwelt bestätigen kann, ist die Welt, und damit das ganze Universum, noch in der Phase, dass bis zum heutigen Tag, nach wie vor, Neues entsteht. Es entstehen auch noch heute neue Sterne und neue Planeten, also ist die Schöpfung nicht etwas, was vor langer Zeit passierte und heute ist das nur noch Vergangenheit."

„Aber Johannes, so heftig hast du mir ja nie widersprochen. Aber was du mit der Schöpfung sagst, da hast du recht und da hast du auch wieder nicht recht."

„Jakob, das musst du mir schon genauer erklären."

„Das tue ich doch gerne Johannes. Natürlich hast du recht damit, dass auch heute noch neue Sonnen, also Sterne, entstehen. Es entstehen zu diesen Sonnen auch neue

Planeten. Man muss dann nur fragen: Handelt es sich wirklich um eine neue Schöpfung?"

„Ich denke, das ist so, ein neuer Stern ist auch eine neue Schöpfung."

„Johannes, ich meine, es ist keine neue Schöpfung. Ich kann dir auch sagen warum ich das so sehe."

Johannes blickte seinen Freund, sehr interessiert an, und gab ihm mit der Hand ein Zeichen, dass er in seinen Ausführungen fortfahren solle."

„Also Johannes, ich verstehe darunter, wenn Gott etwas erschafft, dann hat er das aus Nichts gemacht. Auch die moderne Wissenschaft sieht das so, denn man weiß nicht, was vor dem sogenannten Urknall war. Nach diesem Urknall gab es Materie, davor gab es wohl, aus wissenschaftlicher Sicht, keine Materie, auf jeden Fall kann die Wissenschaft nichts anderes beweisen. Und die Materie die es seit dem Urknall gibt, ist eigentlich nichts anderes, als ein großer Haufen von bunten Bausteinen, in allen Farben und allen möglichen Größen. Wie du aus einem Stapel Bauklötze, heute ein

Flugzeug bauen kannst, und morgen aus genau denselben Steinen ein Haus bauen kannst, so passiert genau das Gleiche da draußen im Universum. Es gibt eine Anzahl von Bausteinen, diese Zahl wird sich nie verändern, diese Bausteine sind die Grundbausteine der Atome. Aus diesen Bausteinen entstehen Galaxien, Sonnensysteme, eigentlich alles was du willst. In dieser, uns bekannten Welt, da hat jedes Ding eine gewisse Lebensdauer, dann verschwindet es wieder. Dies bedeutet, Sonnen und Planeten, die haben eine Lebenserwartung, von so und so vielen Jahren, und dann zerfallen sie wieder in die einzelnen Bausteine. Und aus diesen, man könnte sagen, gebrauchten Bausteine, entstehen neue Sachen. Das passiert hier auf der Erde, das Gleiche passiert auch in den unendlichen Weiten des Weltalls. Und da alles Neue aus den Bausteinen besteht, die vor unendlich langer Zeit, vom Allmächtigen Gott, geschaffen wurden, so ist die Entstehung von neuen Dingen nur ein Prozess, der in der Vergangenheit in Gang gesetzt wurde, und der vielleicht noch sehr lange fortdauern wird."

„Also Jakob, das war ja fast ein wissenschaftlicher Vortrag, ich bin richtig erstaunt, über das, was du gerade gesagt hattest. Das schlimmste an deinem Vortrag ist, ich kann dir da wirklich nicht widersprechen, denn das, was du gesagt hast, das entspricht der Wahrheit. Aber jetzt müssen wir schauen, dass wir einen Bogen schlagen können, zu unserem heutigen Kernthema."

„Du hast natürlich recht, lass uns zu unserem eigentlichen Thema zurückgehen, das wir uns für heute vorgenommen hatten, den Artikel Neun von unserem Glaubensbekenntnis, der da lautet: **Ich glaube… die Heilige Katholische Kirche**. Ich habe einmal gehört, dass das Wort Katholisch so viel beutet wie, Allumfassend."

„Ja, mein lieber Jakob, da hast du richtig gehört. Katholisch heißt so viel, dass alle gläubige Menschen damit gemeint sind. Nach diesem Verständnis, für dieses Wort, bedeutet es: Wer an Jesus Christus glaubt, an den Christus, der hier im Glaubensbekenntnis vorgestellt wird, der ist dann schon katholisch. Erst viele Jahrhunderte später, kamen dann

Religionsgemeinschafften auf, die sich auf der einen Seite christlich nannten, aber darauf aufmerksam machten, dass sie nicht katholisch seien."

„Zum Glück ist da heute etwas Bewegung, unter den Christlichen Gemeinschaften, gekommen. Ich meine Bewegung auf einander zu. Und das ist auch gut so, denn in vielen Familien haben wir heute die Tatsache, dass ein Teil der Katholischen Kirche angehört, und ein anderer Teil einer anderen Christlichen Gemeinschaft angehört."

„Da kann ich dir nicht widersprechen, Jakob. Und was meine Erfahrung angeht, so habe ich immer gesehen, wenn zum Beispiel die Katholische Kirche ein Fest feierte, wie Kirchweih oder die Firmung, dann sind auch fast immer Vertreter der Evangelischen Kirche, beim Gottesdienst, anwesend gewesen, und nicht selten haben sie auch noch ein Grußwort, aus ihrer Gemeinde mitgebracht. Man ist in vielen Fällen befreundet, und Freunde besuchen sich und Freunde laden sich gegenseitig ein."

„Das ist doch eine schöne Sache. Ich könnte mir aber durchaus denken, auch wenn einige, auch heute noch, mit dem Wort - Katholisch- ihre Probleme haben, sie aber mit dem Inhalt, also was dieses Wort in seinem Ursprung aussagen wollte, dass es inhaltlich keine Probleme gibt. Unsere Sprache kennt so viele Wörter, Begriffe, Bezeichnungen und Umschreibungen, dass man da schon, immer mal wieder, auf einen gemeinsamen Nenner kommt."

„Das passiert ja immer wieder. Bei wichtigen Themen melden sich die großen Kirchen, gemeinsam zu Wort. Es sind schon viele Punkte vorhanden, wo eine gute Zusammenarbeit erkennbar ist."

„Das ist schön, Johannes. Nachdem wir das Wort -Katholisch- etwas beleuchtet haben, ein Wort, dass man vielleicht im ersten Moment für ein Wort der Trennung halten könnte, da können wir uns ja dem nächsten Wort zuwenden, dem Wort Kirche. Kirche ist doch auch ein Wort, das vielen christlichen Gemeinschaften gefallen tut, dass sie sehr gerne für ihre Gemeinschaft benutzen tun."

„Du hast recht, Jakob. Mit dem Wort Kirche haben wir viel weniger ein Problem, als mit dem Wort -Katholisch-."

„Nun, mein lieber Johannes, es hört sich das Wort Kirche nicht so an, als wenn es ein wirklich deutsches Wort wäre, auch wenn es für uns so vertraut klingt. Und wenn das Wort ursprünglich aus einer anderen Sprache stammt, dann hat es mit Sicherheit auch eine ganz eigene Bedeutung, die man eventuell nicht heraushört, wenn man hier von der Kirche spricht."

„Da hast du mal wieder den Nagel auf den Kopf getroffen, wie man ja so sagt. In der Tat, ist das Wort Kirche kein deutsches Wort, aber es ist uns so vertraut, dass man nicht auf die Idee kommt, dass dieses Wort aus einer anderen Sprache kommt. Das Urwort zur Kirche kommt aus dem alten Griechenland, und es bedeutet dort so viel wie: Die dem Herrn gehörende."

„Das ist aber sehr schön. Das sagt also auch gleich aus, wem die Kirche gehört. Die Kirche gehört also nicht den Bischöfen und nicht den Priestern, und sie gehört auch nicht irgendwelchen Gruppen, die durch das

Fenster der Kirche, ihr eigenes Profil an die Öffentlichkeit tragen wollen, wer auch immer das sei. Im Laufe der Jahrhunderte gab es immer wieder solche Erscheinungen von Gruppen, die meinten, dass die Kirche sich so verändern müsse, damit sie, schwerpunktmäßig, diesen Gruppen gefallen würde. Und diese Gruppen meinten, sie selbst wären die Welt oder zumindest würden nur sie, ganz alleine, die ganze Welt vertreten. Ich bin richtig froh, wenn ich höre, dass die Kirche dem Herrn gehört, und wenn er eine Veränderung für nötig hält, dann kann er dies ohne Weiteres auch durchsetzen."

„Auf das was du eben gesagt hast, passt auch das, was Jesus uns auch im Johannes-Evangelium sagt. Jesus gebraucht da ein Bild, was den Bewohnern Israels zu dieser Zeit recht geläufig war. Jesus vergleicht die Kirche mit einem Schafsstall, und er selbst, also Jesus Christus, ist die Tür, aber nicht nur die Tür, sondern auch noch der Hirte."

„Also Johannes, wenn ich das richtig verstehe, dann ist Jesus der Hirte der Schafe?"

„Genau so ist das, mein lieber Jakob."

„Man muss sich das einmal wirklich bildlich vorstellen: Da gibt es eine Herde von Schafen, sagen wir einmal so hundert Stück oder auch mehr, und es gibt nur einen einzigen Hirten."

„Ja, so ist das im Allgemeinem."

„Johannes, jetzt musst du dir einmal vorstellen, die Schafe würden den Hirten sagen, wo es lang gehen soll, und nicht der Hirt, würde den Schafen sagen, was gemacht werden soll."

„Das gäbe ein heilloses Durcheinander, denn einmal wären die hundert Schafe sich nicht einig, was gemacht werden sollte, und zum anderen hätten sie ja nicht den vollen Überblick, denn sie würden ja nur einen kleinen Teil der Welt sehen, und in diesem kleinen Teil würden sie sich einen persönlichen Vorteil verschaffen wollen, und dieser persönliche Vorteil würden sie den Rest der Welt als die einzige Rettung der Erde verkaufen wollen. So gäbe es einhundert sinnlose Rettungsversuche, die dann immer von neunundneunzig Gegenstimmen blockiert würden."

„So sehe ich das auch, Johannes. Jesus Christus ist als der gute Hirte viel besser geeignet, als hundert Leute, die ja angeblich nur Gutes wollten."

„Jesus Christus ist der gute Hirte, und er entscheidet welcher Weg der richtige Weg ist. Die Apostel machen es uns ja vor, wie der richtige Weg gefunden werden kann. Die Apostel gehen demütig an das Werk heran, sie schreien nicht herum, dass sie alles besser wissen, als alle andere, sondern sie ziehen sich zurück, wenn wichtige Entscheidungen getroffen werden müssen. Sie ziehen sich zurück, sie fasten und sie beten und hoffen auf die Hilfe des Heiligen Geistes. Wie uns die Apostelgeschichte lehrt, ist das der richtige Weg."

„Johannes, war es nicht der Apostel Paulus, der die Kirche mit einem Leib, mit vielen Gliedern verglichen hat?"

Johannes gab seinen Freund recht, er nahm die Bibel, die auf dem kleinen Tisch lag, und schlug den ersten Brief auf, den Paulus an die Gemeinde in Korinth geschrieben hatte, und las im Kapitel Zwölf die Verse Zwölf bis Siebenundzwanzig vor.

(Kor 12.12-27) Denn wie der Leib eine Einheit ist, doch viele Glieder des Leibes aber, obgleich es viele sind, einen einzigen Leib bilden: So ist es auch mit Christus. Durch den einen Geist wurden wir in der Taufe alle in einen einzigen Leib aufgenommen, Juden und Griechen, Sklaven und Freie und alle wurden wir mit dem einen Geist getränkt. Auch der Leib besteht nicht nur aus einem Glied, sondern aus vielen Gliedern. Wenn der Fuß sagt: Ich bin keine Hand, ich gehöre nicht zum Leib!, so gehört er doch zum Leib. Und wenn das Ohr sagt: Ich bin kein Auge, ich gehöre nicht zum Leib!, so gehört es doch zum Leib. Wenn der ganze Leib nur Auge wäre, wo bliebe dann das Gehör? Wenn er nur Gehör wäre, wo bliebe dann der Geruchsinn? Nun aber hat Gott jedes einzelne Glied so in den Leib eingefügt, wie es seiner Absicht entsprach. Wären alle zusammen nur ein Glied, wo bliebe dann der Leib? So aber gibt es viele Glieder und doch nur einen Leib. Das Auge kann nicht zur Hand sagen: Ich bin nicht auf dich angewiesen. Der Kopf kann nicht zu den Füßen sagen: Ich brauche euch

nicht. Im Gegenteil, gerade die schwächer scheinenden Glieder des Leibes sind unentbehrlich. Denen, die wir für weniger edel ansehen, erweisen wir umso mehr Ehre und unseren weniger anständigen Gliedern begegnen wir mit mehr Anstand, während die anständigen das nicht nötig haben. Gott aber hat den Leib so zusammengefügt, dass er dem geringsten Glied mehr zukommen ließ, damit im Leib kein Zwiespalt entstehe, sondern alle Glieder einträchtig füreinander sorgen. Wenn darum ein Glied leidet, leiden alle Glieder mit; wenn ein Glied geehrt wird, freuen sich alle anderen mit ihm. Ihr aber seid der Leib Christi und jeder Einzelne ist ein Glied an ihm.

Jakob ließ das eben gehörte etwas in sich absinken und meinte dann: „Das ist ja genau das, was immer wieder in der Welt passiert. Menschen meinen, dass sie etwas Besseres sind, als wie andere Leute. Das mögen sie von ihrer Herkunft ableiten. Das mögen sie von ihrer Bildung ableiten, wie Studium und Doktortitel, oder sie leiten es von ihrem Umgang oder ihre persönliche Einstellung ab. Aber wie Paulus schon sagt, wenn man jetzt die Kirche mit einem menschlichen Leib verglichen würde, dann kann man schnell feststellen, dass die einzelnen Glieder oder auch Mietglieder wichtig sind, man kann auch sagen, dass bestimmte Glieder wichtiger sind als wie das andere Glieder sind, denn sagen kann man viel. Aber was kann ein Fuß alleine machen, wenn ihm die Verbindung zum restlichen Körper fehlt, mag er auch vorher jeden Marathonlauf gewonnen haben, aber ganz alleine kann keinen einzigen Schritt tun. Das Gleiche gilt auch für das Auge und für jedes weiterem Glied oder Organ des menschlichen Körpers. Erst wenn ein Körperteil nicht mehr richtig funktioniert, dann weiß man es so richtig zu schätzen. Nehmen wir nur einmal an, wir schneiden uns in den Finger, und können ihn, aus diesem Grund, ein paar Tage nicht benutzen. Erst dann merkt man, was das einzelne Glied, im oder am Körper, so leistet."

Johannes gefielen die Ausführungen von Jakob, aber ein kurzer Blick auf seine Armbanduhr verriet ihm, dass es Zeit wäre, für heute Schluss, mit dieser Kurseinheit, zu machen. Nach einer kurzen Besprechung einigten sie sich auf einen neuen Termin. Johannes ließ es sich auch dieses Mal nicht nehmen, ein Gebet zum Abschluss der Sitzung zu sprechen.

12

Herr Jesus Christus,

Sohn des Allmächtigen Gottes:

Was ist der Mensch?

Gott hat ihm einige Fähigkeiten geschenkt,

aber im Vergleich zu anderen Geschöpfen,

sind die Fähigkeiten des Menschen sehr bescheiden.

Der Mensch hat Augen

und er Denkt, dass er gut sieht,

aber was sind seine Augen

im Vergleich mit den Augen eines Adlers?

Der Mensch hat Ohren

und er denkt, dass er gut hört,

aber was sind seine Ohren

im Vergleich mit den Ohren eines Luchses?

Herr Jesus Christus,

man könnte hier noch vieles aufzählen,

und man käme immer wieder zu dem gleichen Ergebnis,

dass die menschlichen Fähigkeiten sehr spärlich sind.

Bitte sei du unser Auge und unser Ohr,

und sei du derjenige,

der unsere Schritte durch das Leben,

durch die Welt, lenken tut,

damit wir nicht verloren gehen.

Amen.

# # #

13

Einen Vorgeschmack auf das ewige Leben!

Die Zeit verging wieder einmal im Flug, und schon war die Zeit gekommen, wo sich die zwei Freunde trafen, zu einer weiteren Kurseinheit, in der es um das Glaubensbekenntnis der Kirche ging. Die zwei Freunde hatten im Wohnzimmer von Johannes Platz genommen, da verkündete Johannes: „Nun, mein lieber Jakob, sind wir bei unserer letzten Einheit des Glaubensbekenntnisses angekommen."

Jakob schaute ganz erstaunt über den kleinen Wohnzimmertisch hinweg und meinte: „Aber da sind doch noch so viele Punkte offen, die wir bearbeiten müssen, die können wir doch nicht so einfach überspringen!"

Johannes nickte seinem Schüler zu, und machte mit der rechten Hand ein Zeichen, dass Jakob sich nicht aufregen soll. „Mein lieber Jakob, zuerst lese ich dir den letzten Teil des Glaubensbekenntnisses vor, und dann gehen wir der Sache, Stück für Stück, auf den Grund."

Johannes las aus dem Gotteslob, dem Gesangbuch der katholischen Kirche, den Rest des Glaubensbekenntnisses vor, den sie noch nicht bearbeitet hatten:

- Ich glaube… Gemeinschaft der Heiligen, Vergebung der Sünden, Auferstehung der Toten und das ewige Leben.-

Danach legte er das Buch wieder auf den Tisch zurück.

„Das sind ja gleich fünf Punkte, und die sollen wir mit einem Male abarbeiten? Kommen wir da nicht ein wenig durcheinander?"

„Jakob, ich kann deine Bedenken durchaus gut verstehen, aber es ist genau das Gegenteil der Fall. Durcheinander können wir nicht kommen, denn die einzelnen Punkte, die in diesem letzten Teil aufgezeichnet sind, die sind doch irgendwie miteinander verschachtelt. Die einzelnen Punkte greifen ja zu einem gewissen Teil, in die anderen Punkte mit hinein, und so ist es, meiner Meinung nach besser, wenn wir diese fünf Punkte, quasi als eine große

Einheit ansehen, die zwar verschiedene und auch durchaus wichtige Themen aufgreifen, aber zum Schluss, wirst du mir schon recht geben, zudem kann keines dieser Themen ohne das andere Thema auskommen."

Da wurde das Interesse von Jakob geweckt und er bat seinem Schulungsleiter, doch gleich mit dem Unterricht zu beginnen.

Johannes räusperte sich und begann mit seinem Unterricht. „Der heutige Teil fängt mit den Worten: **Ich glaube… Gemeinschaft der Heiligen.**

Sagt dir das Wort -Heiliger oder Heilige- etwas?"

Jakob überlegte einen Moment und meinte dann: „So ganz genau weiß ich das natürlich nicht. Ich weiß nur, dass in einer katholischen Kirche, eigentlich immer eine Statur von einem oder zwei Heiligen zu finden sind. Auch ist mir bekannt, dass eine katholische Kirche sehr oft auf den Namen eines Heiligen geweiht ist. Mir fällt da gerade die Sankt Stefans Kirche ein. Wenn ich mich nicht irre, dann ist auf diesen Namen, in Österreich, ein Dom geweiht. Und es fällt mir die Sankt Martins Kirche ein. Wenn ich mich nicht täusche, dann ist der Dom, in der Stadt Mainz, auf diesen Namen geweiht."

„Und kannst du etwas mit diesen zwei Namen anfangen, Jakob?"

„Moment, der Heilige Martin, der Name sagt mir etwas. Da wird doch im November, immer ein Fest gefeiert, in der Kirche, und auch in der Schule und im Kindergarten. Wird da nicht oft, von den Kindern ein Spiel aufgeführt, wo der Heilige Martin, seinen Mantel, mit einem Bettler teilt? Und wenn ich mich nicht irre, gibt es bei so einem Fest, für die Kinder Laternen, mit denen sie dann, im Dunkeln, einen Umzug machen und Lieder singen, und die Erwachsenen bekommen dann Glühwein?"

„Genau, der Heilige Martin hat seine warme Winterkleidung, mit einem fremden Menschen geteilt. Er kannte diesen Mann nicht, er hatte nur erkannt: Wenn ich diesen Menschen nicht helfe, dann stirbt dieser Mann, denn die Kälter bringt ihn um."

Jakob überlegte kurz. „Ich frage mich gerade: Hat der Namenstag auch etwas mit den Heiligen Frauen und Männer zu tun?"

„Das hast du sehr gut erkannt, Jakob."

„Ja, wenn das so ist, dann gibt es aber sehr viele Heilige, denn es gibt so Abreiskalender, da steht bei jedem Tag, ein anderer Name eines Heiligen oder einer Heiligen, auf dem aktuellen Kalenderblatt."

„Auch das ist richtig. Heilige haben meistens, etwas Besonderes geleistet, in ihrem Leben. Etwas, was sie aus der breiten Masse, ein wenig hervorhebt, wie du das schon beim Heiligen Martin beobachtet hattest. So hat eigentlich, jeder geläufige Name, einen Parten oder Patron als einen Heiligen oder eine Heilige. Bei den modernen oder auch bei Modenamen, ist das nicht immer der Fall. Für deinen Namen, Jakob, da gibt es sogar mehrere Heilige, die diesen Namen trugen. Nur so zum Beispiel will ich hier nur einen einmal etwas beleuchten: Der Heilige Jakob lebte in der Niederlausitz, als Mönch in einem Kloster. Am 2. Oktober 1429 wurde dieses Kloster überfallen, die Mönche wurden gezwungen, dass sie vom katholischen Glauben abfallen sollten. Einige Mönche taten dies nicht, darunter war auch der Heilige Jakob, und so musste er für seinen Glauben sterben."

„Also Johannes, das ist ja ganz schrecklich, das will man sich ja gar nicht wirklich vorstellen."

„Ich weiß, dass mit gläubigen Christen, die Welt, sehr oft, sehr gnadenlos umgegangen ist, und das ist auch noch heute teilweise der Fall, in Gebieten, wo die Christen in der Minderheit sind, da sind ihre Rechte oftmals eingeschränkt. Das hat zur Folge das sie in ein Land flüchten, in dem sie ihren Glauben leben dürfen."

„Ich dachte immer, wir haben, heutzutage, eine Religionsfreiheit."

„Das stimmt ja auch, Jakob. Hier in unserem Land haben wir so etwas. Nicht alle Länder, in der Welt, haben eine Religionsfreiheit."

„Da denkt man, man lebt in einer freien Welt, und die Verfolgung von irgendwelchen religiösen Gemeinschaften, finden nur in den Geschichtsbüchern statt."

„Schön wäre das, wenn du da recht hättest, aber das ist heute nicht unser Thema."

„Du hast recht Johannes. Weltpolitik machen wir ein anderes Mal, jetzt sind die Heiligen unser Thema. Wenn ich richtig informiert bin, dann tut der Papst auch noch heute Menschen heiligsprechen, und was bedeutet das, oder besser gefragt, wie passt das in unser Glaubensbekenntnis hinein?" Oder welche Funktionen haben diese Heiligen, denn es hat doch schon einen Grund, warum das Glaubensbekenntnis davon spricht. Es spricht davon, dass wir an die Gemeinschaft der Heiligen glauben. Einfach nur an verstorbene Menschen zu glauben, ich weiß nicht so recht. Dass man an seine eigenen verstorbenen Verwandten denkt, das ist schon in Ordnung. Wenn ich jetzt zum Beispiel an meine verstorbene Oma denke, dann macht das ja Sinn. Ich habe ganz persönliche Erinnerungen, an eine schöne Zeit, die ich mit ihr hatte und so weiter. Meine eigenen Enkel, die diese Frau niemals zu Gesicht bekommen werden, die werden auch niemals an diese Frau ein Andenken pflegen."

„Da hast du vollkommen recht, Jakob. Solltest du einmal Enkel haben, dann wird das so sein, wie du es gerade beschrieben hast. Mit den Heiligen ist das etwas anders. Diese Menschen haben vor Gott etwas ganz Besonderes getan, darum nimmt die katholische Kirche diese Leute gerne als Vorbilder. Die Kirche ist auch davon überzeugt, dass die Heiligen, gleich nachdem ihr irdisches Leben zu Ende ging, ohne Umwege, direkt zu Gott gekommen sind. Und dort setzen sie sich für die Belange der noch lebenden Menschen ein. Man spricht ja auch von den Schutzheiligen, wie der Heilige Christopherus, der Schutzheilige der Schifffahrt ist, auch ist er der Schutzheilige der Autofahrer."

„Ja das habe ich schon gesehen. Leute haben so eine Plakette in ihrem Auto kleben, die den Heiligen Christopherus zeigt, der das Jesuskind auf dem Arm trägt."

„Genau so ist das, es gibt eine Reihe von Heiligen, die die gläubigen Christen besitzen und das ist im Glaubensbekenntnis damit gemeint. Wenn man diesen Teil aus dem Glaubensbekenntnis frei formulieren wollte, dann könnte das in etwa so aussehen: Ich glaube an eine Gemeinschaft von Heiligen Menschen, die bei Gott leben, und die von Gott den Auftrag bekommen haben, die gläubigen Christen, bei ihren täglichen Problemen zu unterstützen, und ihnen helfen sollen, die richtigen Entscheidungen, im richtigen Moment, zu treffen."

„Das hast du schön gesagt, Johannes. Ich glaube, man kann das so verstehen, dass ein Autofahrer auf einmal meint, es wäre jetzt besser etwas langsamer zu fahren, und kaum hat er die Geschwindigkeit reduziert, da springt ihm ein Reh oder ein anderes Wildtier, vor das Auto, und durch die reduzierte Geschwindigkeit reicht der Bremsweg gerade so aus, dass es nicht zu einem Unfall kommt."

„Genau so ist das, mein lieber Jakob, doch jetzt müssen wir zum nächsten Punkt kommen, der da heißt: **Ich glaube... Vergebung der Sünden.**"

Jakob war damit einverstanden. „Das ist schon ein guter Vorschlag, Johannes, aber weiß man denn immer so genau, was eine Sünde ist? Es gibt diesen Begriff heute in einigen Variationen."

„Wie meinst du das, Jakob?"

„Man hört dieses Wort -Sünde- auch oft im Zusammenhang mit Gebäuden. Wenn in der Bausubstanz erhebliche Fehler entdeckt werden, dann wird da gerne von der -Bausünde- gesprochen. Auch hört man das Wort -Sünde- immer einmal wieder, wenn es um Fragen geht, die die Ernährung betreffen. Da wird oft von der Sünde gesprochen, weil jemand ein Stückchen Schokolade zu viel gegessen hat. Ich denke mir, hier haben bestimmte Begriffe, die auch im Glaubensbekenntnis vorkommen, eine eigene Daseinsberechtigung entwickelt."

„Was die Sünden, von denen du eben geredet hast, mit den Sünden aus dem Glaubensbekenntnis, gemeinsam haben ist Folgendes: Man spricht hier von Dingen, die hätte man unterlassen können."

„Aber Johannes, kannst du einmal kurz sagen, was denn eigentlich eine Sünde ist?"

„Das kann ich gerne einmal versuchen. Sünde steht immer dann im Raum, wenn ein Mensch, den Willen Gottes nicht nachkommt, also etwas tut oder auch unterlässt, von dem er wissen sollte, dass Gott das so nicht möchte."

„Und wie kann ein normaler Mensch erfahren, was der Wille Gottes ist? Vielleicht ist es sogar wichtiger zu wissen, was nicht der Wille Gottes ist?"

„Wichtige Informationsquellen sind da die Zehn Gebote, die Mose von Gott bekommen hatte. Wenn man versucht diese Zehn Gebote einzuhalten, dann ist man auf einem sehr guten Weg."

„Johannes, ich glaube, es wird nicht so viele Menschen geben, die ihr ganzes Leben lang, ohne eine einzige Sünde auskommen."

„Da gebe ich dir recht. Im Laufe seines Lebens, wird wohl ein jeder Mensch, die eine oder die andere Sünde begehen. Oft wird dies auch ganz unbewusst getan. Das heißt, jemand begeht eine Sünde und weiß noch nicht einmal, dass er eine begangen hat."

„Das wird wohl so sein, wie das auch auf der Straße passieren kann. Man fährt da auf der Landstraße und übersieht ein Verkehrsschild, welches anzeigt, dass man hier langsamer fahren muss. Merken tut man es dann, wenn man eine entsprechende Post bekommt, weil man in eine Radarkontrolle gekommen ist."

„Genau so ist das Jakob, und weil das so ist, vergibt Gott, durch Jesus Christus, immer wieder unsere Sünden. Im Matthäus Evangelium ist eine schöne Stelle, die von der Vergebung der Sünden erzählt."

Johannes nahm die Bibel zur Hand und schlug im Matthäus Evangelium das neunte Kapitel auf, dann las er den Vers Zwei vor:

(Mt 9.2) Da brachte man auf einer Tragbahre einen Gelähmten zu ihm. Als Jesus ihren Glauben sah, sagte er zu dem Gelähmten: Hab Vertrauen, mein Sohn, deine Sünden sind dir vergeben!"

Jakob war erstaunt darüber, wie schnell und wie einfach die Vergebung der Sünden gehen kann.

Johannes meinte darauf: „Wenn ein Mensch sich vor Gott, zu seinen Sünden bekennt, also wirklich bekennt, und wenn er auch bereit ist, alles in Zukunft besser zu machen, dann ist auch Gott bereit, dem Menschen die Sünden nachzulassen. Sünden können auch von Gott reduziert werden, wenn man ein ernstgemeintes Gebet spricht, oder wenn man, mit allen Sinnen, an der Feier eines Gottesdienstes teilnimmt, sogar wenn man sich mit anderen Menschen, über religiöse und heilige Dinge unterhalten tut."

„Johannes, das würde mir als Information vorerst reichen, ich glaube, ich muss mir da noch ein paar Gedanken über mein eigenes Leben machen: Wo bei mir die versteckten Sünden lauern könnten, aber das muss ich in aller Ruhe machen. Aber es spricht ja auch nichts dagegen, dass wir jetzt mit dem nächsten Abschnitt unseres Glaubensbekenntnisses weitermachen."

Johannes nickte zustimmend und las den letzten Teil des Glaubensbekenntnisses vor:

-Ich glaube… Auferstehung der Toten und das ewige Leben.-

Jakob hörte sich den Wortlaut genau an und meinte: „Mein lieber Johannes, ich bin im Moment, mit diesem Teil des Glaubensbekenntnisses etwas überfordert. Mir wäre es ganz recht, wenn wir erst einmal uns ansehen, uns anhören, was die Heilige Schrift dazu sagt. Würdest du dazu bitte eine Stelle aus der Heiligen Schrift vorlesen?"

Natürlich war Johannes damit einverstanden, er hatte schon eine Markierung in die Bibel gelegt, damit er die Stelle, die für diesen Teil des Glaubensbekenntnisses wichtig ist, schnell zur Hand hatte. Er nahm erneut die Bibel von dem kleinen Wohnzimmertisch und las aus dem ersten Brief, den Paulus an die Gemeinde in Korinth geschrieben hatte, aus dem fünfzehnten Kapitel, die Verse Zwanzig bis Achtundzwanzig vor:

(Kor 15.20-28) Nun aber ist Christus von den Toten auferweckt worden als Erster der Entschlafenen. Da nämlich durch einen Menschen der Tod gekommen ist, kommt durch einen Menschen auch die Auferstehung der Toten. Denn wie in Adam alle sterben, so werden in Christus alle lebendig gemacht werden. Gibt es aber eine bestimmte Reihenfolge: Erster ist Christus; dann folgen, wenn Christus kommt, alle, die zu ihm gehören. Danach kommt das Ende, wenn er jede Macht, Gewalt und Kraft vernichtet hat und seine Herrschaft Gott, dem Vater, übergibt. Denn er muss herrschen, bis Gott ihm alle Feinde unter

die Füße gelegt hat. Der letzte Feind, der entmachtet wird, ist der Tod. Sonst hätte er ihm nicht alles zu Füßen gelegt. Wenn es aber heißt, alles sei ihm unterworfen, ist offenbar der ausgenommen, der ihn unterwirft. Wenn ihm dann alles unterworfen ist, wird auch er, der Sohn, sich dem unterwerfen, der ihm alles unterworfen hat, damit Gott herrscht über alles und in allem.

Dann legte Johannes die Bibel zurück, und fragte seinen Freund Jakob, ob er etwas dazu zu sagen hätte, ob ihm so ganz spontan, zu diesem Textabschnitt, etwa einfallen würde?

Jakob meinte: Das erste was mir auffallen tut, ist Folgendes: Es wiederholt sich an dieser Stelle, dass Jesus von den Toten auferweckt wurde."

„Genauso ist es, aber es kommt noch etwas dazu, es steht hier geschrieben, dass Jesus von den Toten auferweckt worden ist, als der Erste der Entschlafenen. Und das ist eine ganz wichtige Aussage, die der Heilige Paulus hier macht. Weißt du auch warum?"

„Was heißt wissen, mein lieber Johannes. Ich gehe halt davon aus, wenn man von dem Ersten spricht, dann bleibt es nicht bei dem Einen. Ich denke mir, wir können hier einen Vergleich ziehen, mit einem Wettrennen. Wenn zum Beispiel im Fernsehen ein Autorennen übertragen wird, dann wird der Sprecher, von der Fernsehanstalt, mit sehr großer Begeisterung verkünden, dass der Fahrer mit dem oder dem Namen, zuerst über die Ziellinie gefahren ist, der Fernsehzuschauer aber sieht, dass nach dem ersten Fahrer ganz viele andere Fahrer, auch über diese Ziellinie fahren werden. Ich denke mir, so oder so ähnlich, kann man hier den Heiligen Paulus verstehen."

„Und genauso, möchte auch der Heilige Paulus verstanden werden. Wir müssen hier nur einen Unterschied sehen, zwischen der Auferstehung, die hier der Heilige Paulus beschreibt, und der Auferweckung des Lazarus, von dem das Johannesevangelium uns im elften Kapitel berichtet."

„Warum gibt es hier einen Unterschied?"

„Das geht schon daraus hervor, dass Paulus davon spricht, dass Jesus der Erste sei, der von den Toten auferweckt wurde. Nun wir wissen, dass Jesus den Lazarus auferweckt hatte, bevor er selbst an das Kreuz geschlagen wurde, also bevor er selbst gestorben ist. Jetzt kommt der große und auch entscheidende Unterschied: Lazarus wurde in sein altes Leben zurückgerufen. Dies bedeutet: Er war wie jeder anderer Mensch von Krankheiten bedroht. Dies bedeutet: Lazarus hatte einige Jahre geschenkt bekommen, aber das ewige Leben war das noch nicht, was er in diesem Moment bekommen hatte."

„Jetzt verstehe ich, Johannes. Jesus ist der erste Mensch, der gestorben war und dann auferweckt wurde, aber nicht mehr zu einem irischen und vergänglichen Leben. Jesus ist auferweckt worden zum ewigen Leben, ein Leben das kein Ende kennt. Aber wie es den Anschein hat, da ist dieses Leben schon einigen Menschen zuteilgeworden. Ich meine die im Himmel sind und ein Auge auf uns Menschen haben, so wie die Schutzheiligen."

„Ich denke mir, da wirst du schon recht haben. Einige Menschen werden schon einen Vorgeschmack auf das ewige Leben haben. Ich rede hier mit Absicht von einem Vorgeschmack."

„Johannes, meinst du das ungefähr so, als wenn man sich im Internet ein Buch kaufen möchte, da gibt es oft die Funktion, dass man eine Leseprobe öffnen kann?"

„Ich denke mir, es könnte so in der Art sein, aber das Beste kommt dann auch hier erst zum Schluss."

„Johannes, die Menschen, die zur Zeit von Jesus gelebt haben, die hatten ja gedacht, dass Jesus auch recht bald zurückkäme. Nun sind zwei Jahrtausende vergangen, meinst du, dass da noch einmal Jahrtausende vergehen müssen, bis Jesus zurückkommt?"

„Jakob, das kann kein Mensch sagen, das weiß nur Gott selbst. Wir können nicht wissen, wie viele Menschen es insgesamt geben soll, seit Adam und Eva, bis zu dem Zeitpunkt, den wir den Jüngsten Tag nennen. Nur Gott kennt die Zahl der Menschen, und nur Gott kennt den Namen von jedem einzelnen Menschen. Aber irgendwann wird es soweit sein. Irgendwann wird der letzte Mensch das Licht der Welt erblicken. Der erste schrei, den dieser Mensch, gleich nach seiner Geburt, bei seinem ersten Atemzug, von sich gibt, das wird dann auch die Posaune sein, die den Herrn der Welt, Jesus Christus, ankündigen wird. Wann das allerdings sein wird, das weiß kein Mensch zu sagen, dies kann noch heute, im Laufe des Tages geschehen, oder auch morgen. Das kann nächstes Jahr passieren, oder aber erst in mehreren tausend Jahren. Wir wissen es nicht, aber wir Christen sind darauf vorbereitet, vorbereitet auf die Begegnung mit Jesus Christus, denn ihm können wir begegnen in derselben Minute, wo unser jetziges und irdisches Leben zu Ende geht."

Jakob war ganz ergriffen, von den Worten, die Johannes gesagt hatte, er meinte: „Durch diesen Glaubenskurs, der mit deinen letzten Worten zu Ende ging, bin ich ein anderer Mensch geworden. Ich denke über viele Sachen nun anders nach, ich kann dir gar nicht genug danken. Eine Bitte hätte ich noch an dich, bevor du auch heute wieder, zum Abschluss, ein Gebet spricht: Ich bin ja getauft aber nicht gefirmt worden, nun trage ich mich mit dem Gedanken, dass ich mich firmen lasse. Ich würde mich sehr freuen, wenn du mein Firmpate sein würdest."

Johannes war ganz und gar gerührt, es lief ihm auch eine kleine Träne aus dem rechten Auge. Nachdem er sich etwas gesammelt hatte, sprach er noch ein letztes Gebet:

13

Herr Jesus Christus,

wir wissen nicht,

wann du zurück in diese Welt kommst.

Wir wissen nur,

dass wir ohne dich sehr hilflos sind.

Es gibt so viele Dinge in der Welt,

wir wollen sie mal Mächte nennen,

die nichts Gutes von uns wollen.

Wir leben nun einmal in dieser Welt,

und wir kommen, in allen Lebenslagen,

auch mit diesen Mächten in Berührung,

sei das auf der Arbeit,

im Verwandten- und Bekanntenkreis

oder an einer anderen Stelle dieser Welt.

Herr Jesus, zeige dich als unser guter Hirte,

der uns aus allen Gefahrbereichen herausholt,

oder uns erst gar nicht

in diese Bereiche hineinkommen lässt.

Amen

# # #

Nach diesem Gebet legten die zwei Freunde eine Minute des Schweigens ein.

Nach dieser Minute des Schweigens, mit der sie sich beide beim Herrn, Wortlos, bedankten, wollten die zwei Freunde, das Erste über die bevorstehende Firmung besprechen, aber das ist dann aber eine neue Geschichte.

Ende

Matthäus 6.30

Wenn aber Gott schon das Gras so prächtig kleidet, das heute auf dem Feld steht und morgen ins Feuer geworfen wird, wieviel mehr dann euch, ihr Kleingläubigen!

Eine kleine Sammlung von Gebeten

(und eine kleine Einleitung, wie es zu dieser Sammlung kam).

Johannes Schüler und Jakob Großmann, zwei gute Freunde, die sich schon seit Kindertagen kennen, hatten beschlossen, dass sie sich einfach öfters treffen sollten, um gemeinsam das Glaubensbekenntnis der Kirche, einmal etwas anders und von einem ganz anderen Standpunkt aus gesehen, zu beleuchten. Die zwei Freunde gehen so ganz zwanglos die Sache an. Und jede Einheit, die die zwei Freunde durcharbeiten, also mit ganz neuen Bildern, mit ganz neuem Anschauungsmaterial, wollen sie alte Inhalte in die Gegenwart transportieren. Die zwei Freunde gehen so ganz zwanglos die Sache an. Und jede Einheit, die die zwei Freunde durcharbeiten und sich dabei auf bestimmte Schwerpunkte fokussieren, krönen sie mit einem Abschlussgebet. Die Gebete gehen noch einmal auf das ein, was Johannes und Jakob, an Schwerpunkten ausgearbeitet haben. Alle diese Gebete finden sich am Ende dieses Buches wieder. Natürlich behalten sie dieselbe Reihenfolge bei, so wie sie nach jeder einzelnen Kurseinheit entstanden sind. So könnte man diese Gebete und ihre Anordnung als eine Spiegelung des Glaubensbekenntnisses sehen. Eine Spiegelung wie man sie auf einem Gewässer oft sehen kann, etwas weicher als das Original aber dennoch oftmals eindrucksvoller.

Nun sind hier diese Gebete mit Überschriften versehen worden. So können Menschen, die dieses Buch zur Hand nehmen und sich an Hand dieser Überschriften ein Gebet aussuchen können, das sie genau in diesem Moment anspricht, weil es der aktuellen Tagessituation sehr nahekommt, und sich genau aus diesem Grund als kleiner Ratgeber oder Seelentröster erweisen könnte. Manche Menschen suchen einen Halt im Glauben, und dieser Halt kann man oft finden durch ein passendes Gebet. Aber manches Mal weiß man gar nicht wo einem der Kopf steht, und ein Gebet aus dem Stehgreif zu formulieren, das ist auch eine Sache, die nicht jeden Menschen an allen Tagen, in sämtlichen Situationen, gleich gut gelingen mag. Und aus diesem Grund ist es oft sehr hilfreich, wenn man auf eine kleine Anzahl von vorformulierten Gebeten zurückgreifen kann.

Bei der hier, in diesem Buch, erzählte Geschichte, da hat man es mit zwei ganz unterschiedlichen Menschen zu tun. Unterschiedlich, wenn man das Ganze vom Glauben hersieht. Der Eine ist ein gläubiger Mensch, der andere Mensch wäre gerne ein gläubiger Mensch. Aber beide finden einen Halt beim Beten, denn beim Beten geht man ja keine Verpflichtung ein. Selbst Leute, die weit weg sind von jeder Art von Religion, können gelegentlich Trost finden, in den Worten eines Gebetes. Ein Gebet ist eine Bitte, die nicht zu einer Gegenleistung verpflichtet.

Ihr Franz Maria Heilmann.

1

(Weil wir alle nicht ohne Fehler sind!)

Heiliger und ewiger Gott,

wir Menschen können uns so viel Mühe geben, wie wir nur wollen, aber perfekt werden wir niemals werden.

Du hast deinen Sohn in die Welt gesendet,

damit er uns die Erlösung bringt und dass wir ihm nachfolgen sollen,

auf dem Weg, den er uns gezeigt hat.

Leider können oder wollen wir den richtigen Weg nicht immer wirklich erkennen,

und wir landen dadurch in Verirrungen.

Selbst der von Dir eigens eingesetzte König David,

war nicht ohne Schuld und hatte den rechten Weg verlassen.

Du aber standest ihm bei und hast ihn auf den richtigen Weg zurückgeleitet.

Die Verantwortung, die früher die Könige tragen mussten,

diese wird heute von vielen Menschen getragen,

die in ein politisches Amt hineingewählt wurden.

Heiliger, Ewiger

Gott, wie Du schon an dem König David nachsichtig gehandelt hattest,

so stehe bitte auch in unsere Zeit,

den Damen und Herren bei, die in politischer Verantwortung stehen.

Menschen machen nun einmal Fehler,

und sie gehen aus den verschiedensten Gründen, in die Irre.

Bitte lass uns, unser Land und unsere Welt nicht alleine.

Amen.

# # #

2

(Schutz vor dem falschen Glanz, dieser Welt!)

Allmächtiger Gott,

Glück und Reichtum,

das mögen Dinge sein, die sogar so schön sein können,

so schön, dass sie uns mit ihrem Glanz so blenden,

so dass unsere Augen nicht mehr in der Lage sind,

andere, wichtige Dinge in der Welt zu sehen oder zu erkennen.

Unsere Augen tun sich schnell an das helle Licht anpassen,

und wir können dann etwas,

was nicht ganz so hell erstrahlt, sehr schnell übersehen.

Aber wir können unsere Augen wieder daran gewöhnen,

auch dieses, was weniger gut beleuchtet ist, zu erkennen.

Das zu erblicken was im Schatten dieser Welt sich bewegt,

das kann man dann, wenn man sich etwas Mühe gibt.

Allmächtiger Gott, bitte gib uns,

für unsere Augen, geistige Sonnenbrillen,

damit wir uns nicht vom falschen Glanz der Welt,

in die Irre leiten lassen.

Wir wollen unsere Umwelt,

immer mit einem offenen Herz betrachten,

aber auch mit einem kritischen Auge:

Denn Blender gibt es überall auf der Welt,

mehr als genug.

Herr und Gott,

bitte stehe uns ständig bei und bekleide uns,

wie du schon unseren Vater Abraham bekleidet und beschützt hast.

Darum bitten wir dich durch Jesus Christus unseren Herrn.

Amen.

# # #

3

(Der Weg, der uns aus der Verirrung zurückholt!)

Allmächtiger Gott,

die Wege, die du gehst, sind nicht immer das,

was wir als einen Weg erkennen können.

Und wenn wir dennoch diesen Weg erkennen,

dann sind es nicht die Strecken,

die wir wirklich gerne laufen möchten.

Gehen wir aber nicht auf deinen Pfaden,

dann verlieren wir total die Richtung.

Wir sind dann dort, wo wir niemals hinwollten,

und wir machen Sachen, die uns nicht gefallen.

Wir bitten Dich guter Vater im Himmel,

unser Anliegen an Dich wäre,

stelle uns gute und leicht lesbare Wegweiser auf

oder schicke uns Menschen,

die uns auf deine Wegweiser aufmerksam machen,

damit wir nicht verloren gehen.

Auch wenn es nicht immer die kürzeste und einfachste Straße ist,

die uns zu dir führt, lass uns dennoch diesen Weg finden,

und hole uns aus jeder Verirrung zurück.

Amen

# # #

4

(Der Mensch ist in jeder Hinsicht // zeitlich // begrenzt!)

Allmächtiger Gott,

deine Größe können wir nicht wirklich erkennen,

wir können deine Größe noch nicht einmal erahnen.

Mit was sollten wir deine Größe auch messen,

wo du doch größer bist, als wie es ein Werkzeug,

dass ein Mensch je geschaffen hat, es jemals erfassen kann.

Großer ewiger Gott,

unsere Zeit, die Zeit unseres Lebens auf der Erde ist begrenzt, sie liegt in der Spanne von einigen Jahrzenten,

du aber, du bist der Ewige, du warst schon derselbe,

bevor Abraham geboren war,

und du wirst derselbe bleiben bis in alle Ewigkeit.

Darum sei bitte mit uns,

in jeder Hinsicht begrenzten Menschen, sehr nachsichtig:

Denn oft fehlt uns einfach die Zeit,

für eine kluge und wohlüberlegte Handlung.

Amen

# # #

5

(Gott lässt sich auch einmal, auf einen Handel ein!)

Gütiger und Ewiger Gott,

du gibst nicht nur Anweisungen

und achtest dann auch nicht ganz peinlich darauf,

dass diese Anweisungen von den Menschen eingehalten werden,

sondern du lässt deine Großzügigkeit, sehr oft durchscheinen.

Allmächtiger Gott,

du zeigst dich auch als Verantwortlicher,

der den Menschen beisteht, die in deinem Dienst stehen.

Du hast auf Abrahams Bitten gehört.

Du hast dich sogar auf einen Handel,

mit ihm, eingelassen,

als er um Gnade für Menschen bittete,

die er selbst noch nicht einmal kannte.

Allmächtiger Gott,

wir Menschen sehen nur einen winzigen kleinen Teil, der Schöpfung, aus diesem Grund handeln wir auch oft so, dass es dir nicht gefällt.

Bitte schicke auch in unsere Zeit, Propheten und Engel,

die uns helfen, den richtigen Weg zu erkennen,

und gib uns dem Mut diesen Weg dann auch zu gehen.

Amen.

# # #

 # 6 #

(Heile was kaum noch zu retten ist!)

Allmächtiger und ewiger Gott,

die Welt in der wir leben,

die besteht aus so vielen einzelnen, kleinen und großen, Prozesse.

Prozesse die ablaufen müssen, damit die Natur im Einklang bleibt.

Durch unsere Dummheit und auch durch unser Verhalten,

weil wir vor so vielen Dingen einfach die Augen verschließen,

bringen wir Dinge in Unordnung,

die schon sehr lange gut funktioniert haben.

Großer Gott,

bitte stehe den Menschen bei,

die in dieser Welt eine große Verantwortung tragen.

Sei das jetzt eine Verantwortung in der Politik, in der Wirtschaft,

oder sonst wo, wo verantwortliches Handeln gefragt ist,

und wo falsche Entscheidungen, einen riesigen Schaden auslösen können.

Um das Schlimmste zu verhindern, greife doch bitte als der,

der die Welt erschaffen hat, ein

und als der, der die Prozesse in der Natur lenkt,

und heile was kaum noch zu retten ist.

Amen

# # #

 # 7 #

(Zeige uns, durch ein Spiegelbild, wo wir uns noch verbessern können!)

Allmächtiger Gott,

sehr oft gehen auch wir, in unserem Leben, davon aus,

dass bei uns selbst, alles in bester Ordnung sei.

Genauso oft gehen wir in unserem Leben davon aus,

dass die Probleme dieser Welt,

eigentlich von anderen Menschen verursacht werden,

aber niemals von uns.

Ich gehe davon aus,

dass das Eine wie das Andere,

immer nur zum Teil stimmen tut.

Herr und Gott,

sei doch so gut und halte uns

gelegentlich einen Spiegel vor unseren Augen,

der uns die volle und ungeschminkte Wahrheit zeigt.

Lass uns so erkennen, wo wir in unserem Leben,

bestimmte Dinge richtig machen,

und lass uns erkennen,

wo wir dringend eine andere Richtung einschlagen sollten.

Guter Gott,

bitte lass uns nicht allein,

denn ohne dich können wir nur in die Irre gehen.

Amen.

# # #

8

(Kein Mensch lebt, ohne dass er Sünden begeht!)

Allmächtiger und Ewiger Gott,

dein Sohn ist nach seinem Tod am Kreuz,

zu den Seelen der verstorbenen Menschen hinabgestiegen.

Er hat ihnen die Frohe Botschaft vom Reich Gottes verkündet.

Ich denke mir,

dass er auch vielen die Sünden vergeben und verziehen hat.

Guter Gott,

bitte schicke Jesus auch zu unseren Verstobenen,

unseren Verwandten,

und zu den Menschen die uns einmal nahegestanden haben.

Wir wissen, kein Mensch kann eigentlich leben,

ohne dass er immer mal wieder eine kleine oder große Sünde begeht.

Bitte lass Jesus, ihnen einen Bruder sein,

der sie liebt und ihnen die Sünden verzeiht.

Amen

# # #

9

(Du nimmst uns ständig, einen Teil unsere Last ab!)

Heiliger und Allmächtiger Gott,

wir wissen, du lässt uns Menschen niemals allein.

Auch wenn wir deine Gegenwart nicht immer wirklich spüren,

so bist du dennoch immer gegenwärtig.

Leider kommen wir Menschen,

voll von unseren Alltagssorgen,

gar nicht auf die Idee,

dass du uns ein Teil unsere Last ständig abnimmst.

Du hast den Heiligen Geist,

wie ein Samenkorn in uns eingepflanzt.

So ein Samenkorn kann unter Umständen,

viele Jahre unverändert ruhen.

Aber dann kommt der Tag,

da wird dieses Samenkorn, aus seinem Tiefschlaf erweckt.

Das Samenkorn fängt an zu keimen und zu wachsen,

und nach einer gewissen Zeit,

steht es als prächtige Pflanze, im Garten unseres Lebens.

Herr Jesus Christus,

bitte lass die Saat, die in uns hineingelegt ist, niemals verdorren,

sondern lass sie zu einer Pflanze heranwachsen,

die dem Dreifaltigen Gott gefallen tut.

Amen.

# # #

10

(Lass uns erkennen, wo wir Sünden vermeiden können!)

Gütiger und Ewiger Gott,

deine Weisheit und deine Güte kennen keine Grenzen.

Bitte stehe uns armen und schwachen Menschen bei,

die wir uns schnell zu einer Sünde verleiten lassen.

Lass bitte unseren Blick auf uns selbst gerichtet sein,

damit wir bei uns selbst erkennen,

wo wir Sünden vermeiden können.

Natürlich sehen wir und hören wir ständig von Menschen,

die mehr Sünden begehen als wir,

aber diese sollten nicht für uns der Maßstab sein,

nach dem wir uns richten.

Bitte lass uns immer wieder Menschen begegnen,

die ein Gottgefälliges Leben führen,

Diese sollten uns dann als Vorbilder dienen.

Amen

# # #

11

(Der Heilige Geist ist der Treibstoff, der führt und antreibt!)

Herr Jesus Christus,

du Sohn des Allmächtigen Gottes.

Der Heilige Geist ist die Kraft,

die sowohl von dir,

wie auch von deinem Vater ausgeht.

Wo die Kraft Gottes zu finden ist,

 da ist auch immer Gott selbst zu finden.

Möge der Heilige Geist immer der Treibstoff sein,

der uns auf dem richtigen Weg führt,

damit wir ohne Stockungen,

der Gottgefälligen Straße folgen können,

und uns nichts Unrechtes aufhalten,

oder aus der Bahn werfen kann.

Amen

# # #

12

(Jesus, lenke du unsere Schritte!)

Herr Jesus Christus,

Sohn des Allmächtigen Gottes:

Was ist der Mensch?

Gott hat ihm einige Fähigkeiten geschenkt,

aber im Vergleich zu anderen Geschöpfen,

sind die Fähigkeiten des Menschen sehr bescheiden.

Der Mensch hat Augen

und er Denkt, dass er gut sieht,

aber was sind seine Augen

im Vergleich mit den Augen eines Adlers?

Der Mensch hat Ohren

und er denkt, dass er gut hört,

aber was sind seine Ohren

im Vergleich mit den Ohren eines Luchses?

Herr Jesus Christus,

man könnte hier noch vieles aufzählen,

und man käme immer wieder zu dem gleichen Ergebnis,

dass die menschlichen Fähigkeiten sehr spärlich sind.

Bitte sei du unser Auge und unser Ohr,

und sei du derjenige,

der unsere Schritte durch das Leben,

durch die Welt, lenken tut,

damit wir nicht verloren gehen.

Amen.

# # #

13

(Jesus, zeige dich als unser guter Hirte!)

Herr Jesus Christus,

wir wissen nicht,

wann du zurück in diese Welt kommst.

Wir wissen nur,

dass wir ohne dich sehr hilflos sind.

Es gibt so viele Dinge in der Welt,

wir wollen sie mal Mächte nennen,

die nichts Gutes von uns wollen.

Wir leben nun einmal in dieser Welt,

und wir kommen, in allen Lebenslagen,

auch mit diesen Mächten in Berührung,

sei das auf der Arbeit,

im Verwandten- und Bekanntenkreis

oder an einer anderen Stelle dieser Welt.

Herr Jesus, zeige dich als unser guter Hirte,

der uns aus allen Gefahrbereichen herausholt,

oder uns erst gar nicht

in diese Bereiche hineinkommen lässt.

Amen

# # #